动物故事大王马文秋
奇趣自然大冒险系列

奇兽扭角羚

马文秋 / 著

浙江教育出版社 · 杭州
ZHEJIANG EDUCATION PUBLISHING HOUSE

书写生命传奇

早在人类出现以前，大大小小的野生动物就生活在我们这个蓝色的星球上，但如今它们的数量已经很少，只有在一些人迹罕至的地方，才能找到它们顽强而自由的身影。野生动物的世界是一个隐秘而独立的世界，卑微却不失尊严，延续着生命的传奇。

本书的作者对神奇的大自然产生了浓厚的兴趣，怀着神圣的使命感走进大自然，接触到了众多充满灵性的原生态的生命，并把所见所闻写成生动有趣的故事。可以说，作者为我们打开了一扇了解野生动物的大门。黄河源头、祁连山、念青唐古拉山、柴达木盆地、贵州苗寨、舟山群岛、巴丹吉林沙漠、云南密林、木孜塔格山、察隅河谷、武夷山、神农架林区、南海荒礁、九万大山、内蒙古草原、塔里木河、小五台山、怒山、黎母岭、他念他翁山、库木库勒盆地……都留下了作者探索和探险的足迹。

这种用生命写作、为生命而写作的精神，令我颇感欣慰。

这套书分五册，有近百个故事，描写的动物种类相当多。翻开其中一本，粗略算下，就涉及了缅甸蟒、金猫、藏狐、雪豹、蒙古野驴、黑麂、骆驼、狗獾、黑熊、水獭、虎头海雕、紫貂、马鹿、貂熊、东北虎、鄂伦春马、犀鸟、棕熊、白唇鹿、黑尾蟒、藏獒等多达二十一种动物。全书每个章节后面都配有动物观察笔记，让人在充满快感的阅读后，还能认识不少有趣的动物，开阔了视野。

书中的很多故事，是描写人与动物的珍贵情感的，充满正能量，特别能打动人，小读者们读这些文章，能从小培养宽仁博大的爱心、勇敢担当的精神和高尚的情操。在作者笔下，每个动物都有自己的性格和个性，充满真实的“人性”，体现了作者对动物的尊重。作品文字优美流畅，情节惊险曲折，有助于提高孩子的写作能力和想象力。

动物小说大王 沈石溪

目录

第一章

熊狸长尾怪

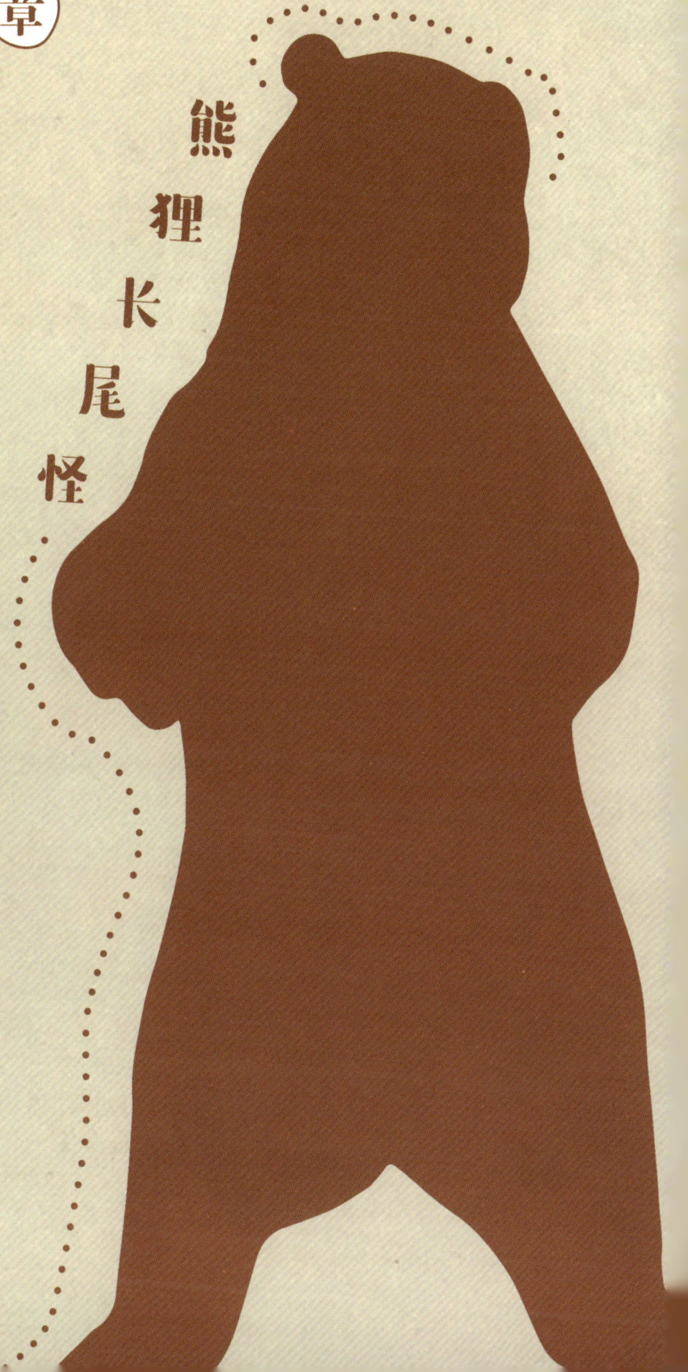

扫码即可
声临其境

清晨，岩立背着背包，拿着柴刀和竹竿进山了。他是村民推举的野生动物巡护员，每周都要上山巡逻。大围山国家级自然保护区位于云南省的东南部，各种动植物资源极其丰富，植物有苏铁、龙脑香、桫椤、长蕊木兰、原始莲座蕨、伯乐树等，动物有黑长臂猿、蜂猴、巨蜥、云豹、绿孔雀、金猫等。巡护员的工资不高，还有一定的危险性，但岩立十分热爱这份工作。

几年工作下来，山上的各种动物，岩立大部分都见过，有的甚至还认识，几乎算是朋友了，其中最让他牵挂的是一只熊狸。这种动物可能许多人都会觉得陌生，它在我国的数量很少，属于国家一级保护动物。看名字就能知道，它既像小黑熊，也像狸猫。比较特殊的是，它长着一条七八十厘米长的粗壮尾巴，这条尾巴具有缠绕抓握功能，就像它的另一只爪子，可以绕住树枝将身体挂在半空中。熊狸擅长在高大的树木上攀爬跳跃，主要以果实、鸟卵、小鸟以及小型兽类为食。

岩立在很偶然的情况下发现了这只熊狸，知道它很珍稀，就格外加以保护和照顾，在食物短缺的时候，经常给它带一些好吃的。一开始很不好接近，慢慢地，熊狸知道了他的好意，就不怕他了，见到他就会跳过来。岩立十分开心，给这只熊狸取名叫长尾怪，因为它尾巴长，外形又奇特，甚至有点像东北的貂熊。熊狸是食肉动物，特别爱吃肉骨头，所以他每次总是想办法带一些给它。这次，他带了几根羊骨头，想让长尾怪开心地大吃一顿。

熊狸生活在密林深处，行动很谨慎，一般人不容易见到。岩立穿着防护服穿行在丛林间，快到他们经常见面的地方时，他仔细闻了闻周围的气味。原来，熊狸身上会散发出一种类似黄油爆米花般又甜又香的气味，这种气味很浓，每次大老远就能闻到。从四周吸入的潮湿空气中，他隐约闻到了一点熟悉的气味，确信熊狸就在前方，于是开心地加快了脚步，一边呼唤着它的名字，一边两眼不停地在树上搜寻。

突然，岩立感到脚掌涌来一阵钻心的疼痛，他一下子跌倒在地，原来右脚被一个捕兽夹夹住了。夹子的力量十分大，鲜血从他的脚背上流出。他试着挣脱，可轻轻一动，疼痛就加剧。这是盗猎分子埋设的捕兽夹，位置十分隐蔽，动物一旦被夹住就很难跑掉，除非把爪子或腿弄断，否则只能束手就擒。人在丛林里走，不小心的话，也很容易中招，那些盗猎分子实在太可恶了！平时他都是只身巡逻，别人很难找到这里。现在只能靠自己了，他决定先稳定一下情绪，看能不能把夹子掰开。

前面传来熟悉的叫声，眼前闪过一个黑色的影子，是长尾怪！它远远地落在一棵树上，似乎看出了异常，显得疑惑不解。岩立强忍着剧痛，从背包里拿出一根羊骨头，抛在前面不远处，想让长尾怪跑过来吃，他寸步难行。他所在的位置相对比较开阔，是一块不大的林中空地。

长尾怪跳下树，正要往前走时，意想不到的事情发生了。天空中飘过一团黑影，岩立抬起头，看见一只巨大的鸟俯冲下来。大鸟呈暗褐色，身体庞大，样子凶狠，一定是猛禽，岩立一时分辨不清到底是什么。莫非它要抢那块羊骨头吃？岩立想，叼走就叼走吧，大不了再给长尾怪拿一根，反正背包里还有。

啊……不！那只猛禽的目标并不是羊骨头，分明是冲着他来的！岩立发觉不妙，迅速抓起身边的竹竿，准备给猛禽以迎头痛击。猛禽似乎有些畏惧，在离他几米远的地方

停了下来，扇了扇翅膀飞走了。岩立感觉大鸟的动作特别刚猛，爪子和嘴都很锐利，那冷峻的眼神似乎能穿透身体。他第一次遭遇这样的情形，吓出一身冷汗，那一刻甚至忘记了脚掌的疼痛。

他大致判断出这是一只大鵟，一种大型猛禽，在当地并不常见。这种鸟很凶猛，这一点他是知道的。很多猛禽不敢捉蛇，毕竟蛇是很危险、难缠的动物，但大鵟胆子比较大，蜥蜴、野兔、蛇、旱獭等都是它的食物。看来名字里带个“狂”字不是没有道理的。不过令他意外的是大鵟竟然敢主动攻击人。

这只大鵟刚才应该只是试探，知道他虽然受了伤行动不便，但仍有一定的反抗能力，不过没有致命的危险。一个简单的动作，自己的底牌就都被大鵟了解了。岩立推测，如果不出意外，它还会进攻。当然，他也期待出现奇迹——大鵟能赶紧离开。

大鵟落在一棵高大的树上，继续观察他。他不敢直视它那冷峻的目光，但也不能表现出恐惧，于是竭力保持镇定。

刚才的情形就发生在几十秒的时间内，长尾怪看到了全过程。不过，现在没事了，它就高兴地叼起羊骨头嚼了起来。看到它这么开心，岩立也露出了微笑。

突然，大鸶再次向岩立扑来，这次的速度更快。他的心里升起一阵悲凉和绝望——一个保护动物的人，竟然被动物攻击，真是伤心呀！他想站起来，可脚上的伤和夹子使他立马又摔倒了，他只能挣扎着继续挥舞竹竿。这在大鸶看来，是没有任何威胁的。大鸶的爪子和嘴威力强大，他在不能动的情况下，真有可能被活活抓死或啄死。

大鸶似乎看出了他的虚弱，张开爪子迎面扑来。岩立闭上了眼睛，一手挡住头，一手快速挥舞竹竿，同时大声喊叫，想吓唬大鸶，他现在能做的就只有这些了。他感觉那可怕的爪子就要扎进肉里，甚至头皮里。

恍惚间，他似乎听到一声惨叫，接着是一阵撕咬声。他下意识地感觉了一下，身上并不疼，自己没有被大鸶抓伤，惨叫当然不是他发出的。那是怎么回事？不好，难道长尾怪被攻击了？他隐约听到大鸶扑腾翅膀又飞走了，急忙睁开眼，看见长尾怪一副怒气冲冲的样子，身上的毛有些凌乱，还有一些血迹，地上散落着一些羽毛。岩立想，刚才大鸶明明是要抓他，但他一点事也没有，那一定是长尾怪帮了他。

岩立激动万分，连声对长尾怪说："好兄弟，谢谢你！"他急忙拿出一根肉多点的羊骨头扔了过去。长尾怪舔了一下，停歇了一会儿，才慢慢啃食起来。

那只大鸶又落到树上，显得既恼怒又无可奈何。他猜测，刚才大鸶冲下来准备啄他时，长尾怪突然出手，袭击了大鸶。它的牙齿和爪子有一定的威力，身子也灵活，实际体重也比大鸶大得多，所以大鸶应该是吃了亏。但它俩猛烈交锋，也许都受了伤。如果没有长尾怪，自己这次肯定要遭殃了。

大鸶虽然很厉害，但缺乏对付大中型四足动物的经验，它不是长尾怪的对手。

“你快点飞走吧，我不想怪你什么。”岩立对着远处的大鸶说。

遗憾的是，大鸶只是在树上喘息，没有想要飞走的意思。这只大鸶究竟是怎么了？也许岩立闯入了它的领地？也许它吃了被毒死的动物，食物中毒导致性情突变？也许它的同伴或孩子被人捕捉，它开始仇恨人类？这些都有可能。今天发生的这一切是真真切切的，他准备回去记录下来，供自己和其他的猛禽行为研究者参考。

大鸶在树上得到了喘息的机会，休息了一会儿，又猛地冲过来。

大鸶从空中居高临下飞扑过来，有泰山压顶之势，那种感觉十分恐怖。岩立无处可逃，只能拼命地挥舞竹竿。

长尾怪停止啃食，注视着空中。岩立相信这次它还会帮自己，他想等它俩交锋时趁机猛击大鸶。他知道伤害动物不好，可今天的情况实在特殊，如果他不那样做，后果不堪设想。

大鸶的速度很快，但这次的目标却不是岩立，而是直接朝长尾怪飞去。长尾怪还没反应过来，脖颈和脊背已经被巨大的爪子抓住了。大鸶抓着长尾怪并拼命扇动翅膀，竟然飞了起来。岩立看着这一幕目瞪口呆，这个大鸶今天真是疯狂呀！

长尾怪无法反抗，很快升到了30多米高的位置。大鸶仍在高飞，但是力气用得差不多了，随时可能松开爪子，长尾怪可能会被活活摔死。

长尾怪，自己的好兄弟，可能要丧命，实在是痛心啊！岩立的眼泪都要流下来了。

突然，他看到长尾怪在奋力挣扎，这其实是极其危险的，这样会迫使大鸶松开爪子。果然，大鸶见高度差不多了，就开始盘旋，准备实施计划。眨眼间，大鸶松开了爪子，但是长尾怪没有坠落。它脑袋朝下，尾巴牢牢缠住大鸶的腿。这一幕真是绝了，岩立看呆了。

大鸶极其意外，完全没明白是怎么回事，一时愣住了，身体迅速下坠，它只能拼命地扇动翅膀。

其实，在刚才那一瞬间，大鸶还是有机会的，因为长尾怪是头朝下的，大鸶只要以极快的速度冲向地面，长尾怪就有可能被撞死或摔死。但它一直犹豫不决地扇动翅膀，现在离地面只有十几米了，对长尾怪的威胁已经很小。

大鸶似乎突然明白了，要竭力飞起来，但是长尾怪使劲晃动身子，阻挠大鸶飞行。大鸶的力气几乎耗尽，惊慌之中勉强飞了几米就飞不动了，开始慢慢坠落。

当坠落到只有几米高的时候，岩立跟大鸶四目相对，他从它的眼神里读出了恐惧。是的，落地意味着什么，岩立明白了，大鸶当然也明白了。

巨大的恐惧让大鸶再一次爆发出惊人的力量。它猛烈地扇动翅膀，又开始升高，但不到十米又停滞不前。岩立再看长尾怪，它刚才填饱了肚子，有的是力气，平时习惯了用尾巴悬挂，所以并不吃力，似乎胸有成竹。

终于，大鸶又开始慢慢下坠，如同一个曾经威猛但已年老的拳击手，打到了最后一个回合，已经没有力气。

大鸶始终在上下两难中挣扎，最终还是坠落到了地上，胜负已定，没有了悬念。长尾怪一口咬住它的脖子，大鸶几乎没怎么挣扎和反抗，就不动了。

一切都结束了。长尾怪在享受大餐，这么新鲜的食物一定十分美味。

岩立也愉悦起来，不知怎的爆发出一股惊人的力量，愣是用手把夹子掰开了。背包里有药水和外用药，他急忙消了消毒，对伤口进行了处理。

丛林里依旧充满危险，岩立不敢久留。他冲长尾怪招呼道："好兄弟，你慢慢吃，我先走了。今天太谢谢你了，过几天我再来看你。"长尾怪似乎听懂了，静静地目送他。

岩立拖着伤脚往回走，走出了几十米回头望，看到长尾怪正拖着吃剩的猎物往树上爬呢。看来它一次吃不了，要储存起来。岩立很欣慰，长尾怪如此勇猛和机智，相信它一定能在这片美丽又十分凶险的亚热带森林中好好生存下去。

香屁屁的熊狸

别名 | 熊灵猫

种属 | 哺乳纲食肉目灵猫科

体长 | 70—80厘米

体重 | 8—13千克

分布区域 | 东亚、南亚、东南亚

◎**出没地带**

热带雨林、季雨林

◎**最喜欢的食物**

果实、鸟卵、小鸟及小型兽类

◎**保护级别**

濒危物种，国家一级保护动物

❶ 灵活的尾巴

熊狸长着一条长达七八十厘米的尾巴。这条尾巴非常厉害和能干，具有抓握能力，能帮助熊狸在树干间移动时保持平衡，甚至可以缠绕树枝，将身体头朝下、脚朝上挂在空中，做出高难度的动作来。

❷ 香屁屁也能说话

熊狸的屁屁和生殖器中间有一圈嗅腺，会分泌出“又甜又香，就像黄油爆米花般的气味”。它在行走时，会有意识地将嗅腺分泌物涂抹在树枝上，这样做不仅能标记出自己的领地范围，当同类靠近时，还能通过嗅觉进行信息交换。

❸ 像糯米饭味道的尿

熊狸的尿和它的嗅腺分泌物一样具有独特而浓烈的美妙气味。一位在西双版纳深山老林种植橡胶的老农说：“那是一种刚出锅的糯米饭的味道，芳香馥郁。”想必它的尿液里含有芳香类化学成分。

第二章

峭壁上的惨案

扫码即可
声临其境

我带了足够的野营装备，进入深山已经好几天。我不是专业的登山者，也无意去征服那些雪峰，只是想进行一些科学的观测。顺便介绍一下，这里整体属于沙鲁里山脉，是四川的主要林区之一，动植物资源丰富。在地图上，这是一个人迹罕至的角落，正因为如此，白唇鹿、羚牛、盘羊、雪豹、血雉等高原稀有野生动物才有了很好的生存空间。

野外观测和考察并没有什么浪漫可言，完全是一种体力劳动，当然还有各种危险。没有强健的体魄、钢铁般的意志和骨子里的热爱是坚持不下来的。

这里海拔很高，空气稀薄，体力消耗很大。我的给养有限，只能扎营，然后计划好返回的日期。这里已经处于深山腹地，这几天几乎没遇见人。

那一天，我吃过早饭就离开帐篷，爬上不远处的一座山峰。下面是一片开阔地，各种植物繁多，但没有高大的树木。天逐渐亮起来，我隐蔽好，开始用望远镜仔细观察。大部分动物都是在早晨和黄昏出来活动的，如此适宜的环境，肯定能观察到它们的行踪。

过了不久，就发现野鸡、山鼠、野兔等小动物出来觅食。我静静地看着它们，同时隐约觉得离它们不远的树林中有个影子在移动，心里顿时紧张起来，难道有食肉动物来了？那影子越来越近，警惕的小动物不可能觉察不到。明白了，那应该是食草动物。

果然，过了一会儿，那个影子走出了树林，开始吃地上的野果和菌类。我调整了位置仔细观察，看清它身上是褐色的，大小跟羊差不多，只是耳朵很大，有点像驴，嘴里向下露着两根细长的牙齿，看样子很尖利。这种动物还是十分罕见的，好一会儿我才断定，这是马麝，一种很稀有的麝。我国麝类资源丰富，有林麝、马麝、原麝、黑麝和喜马拉雅麝五种，原麝和马麝体型较大。马麝生性胆怯且孤僻，多单独活动于僻静的环境中，选择较隐蔽的地方休息。

能看到马麝，我内心一阵狂喜，看来今天这个观测点选得不错，来的时间也对。

起初马麝十分谨慎，后来见没有异常，就慢慢放松了一些。它的躯体不算小，至少有15千克，它的尖牙应该有一定的战斗力。

我正如痴如醉地观察它，一个灰色的影子从几十米外的乱石后冒出来，猛地冲向马麝。我吓得一激灵，定睛细看，是一匹野狼。

我很激动，狼也是很不容易见到的。

这狼中等个头，看样子体重有30千克，比狗大，腿也粗壮发达，应该是中年狼。它刚才应该是隐藏在某个洞中，并且是下风口，食草动物都没有发觉。多年的生存考验使它变得十分聪明。它也许埋伏了很久，为了捕食，它真有耐心。

野狼有备而来，速度极快，眨眼就冲了过去。马麝受到惊吓，本能地撒腿逃跑。可能由于太慌张，并受到乱窜的小动物的干扰，它跑错了方向，动作也有些变形。野狼紧盯住它，很快追到了它的身后。

我不由得发出一声叹息，这么一个稀有、美丽的生命就可能结束了。我陶醉于大自然的壮美、深邃，但也不得不接受一些无奈的现实。这里的生命都以各自不同的方式生存着，有的吃草，有的吃肉，它们彼此依存，又相互厮杀，优胜劣汰。看似混乱，却维系着一种微妙的平衡。

马麝是以胆小著称的，但在生死存亡的时刻，这头矫健的马麝并没有等死，而是表现得相当无畏和狂野，竟然猛地

回头撞向野狼。

野狼冲得太快，还有些反应不过来。它本能地去咬马麝的脖子，但马麝使劲一摆头，用坚硬、锐利的獠牙扎破了野狼的吻部。野狼捕食的本领很高，今天袭击虽然成功，但对手的反抗过于勇猛和突然，给了它当头一棒。

野狼退后了几步，很快稳定下来，摆开阵势，准备继续发动攻击。马麝低头迎战，它的獠牙将近五六厘米长，很尖锐，是很厉害的武器。

野狼放慢节奏，不断试探着，咬一下就后退观察马麝的反应。眼前的猎物比较大，成功了就能饱餐好几顿，但风险也大。野狼在寻找时机，一旦咬住马麝的脖子，不管它怎么挣扎都没用了。

马麝也意识到自己不是野狼的对手，虚晃了几下，逼退野狼，突然转身朝一座陡峭的断崖狂奔逃遁。这次，马麝目标明确，跑得极快，如同一阵褐色的旋风。野狼应该是看见前方有断崖阻挡，并没有加速全力猛追。

马麝跑到断崖下，野狼也差不多赶到了。我看得心惊肉跳，大气都不敢出，心想：马麝是被吓懵了吗？那里明明没有路呀，难道它能飞过一百多米高的断崖？

令我意想不到的是，马麝竟然向陡峭的断崖上爬去。

没错，它攀爬的能力十分出众。那断崖的岩壁上有一些小小的突起，马麝依仗这些小小的突起竟然爬上去了。

野狼也感到很意外，立即扑过去咬它，但马麝已经爬得很高，野狼咬不到。野狼其实也具备一定的跳跃和攀爬能力，它试着向上蹿了两米，但很快掉头跳了下来。毫无疑问，它的攀爬技术跟马麝没法比。

早就听说马麝善于奔跑，经常在悬崖峭壁间奔走，喜欢去天敌到不了的地方，今天是亲眼所见。

马麝爬了有20多米高，在一个凹陷处停下了步子，再往上恐怕很难了。不过，这个高度足以保证它的安全，野狼无论如何是上不去的。

看着野狼悻悻然的样子，我几乎笑出了声。野狼不可能一直这样守着，马麝食量不大，可以两三天不吃东西，野狼估计是耗不起的。

果然，野狼守了近一个小时后，无奈地放弃，钻进树林，不见了踪影。

马麝没有很快下来。这是可以理解的，万一野狼没走远或改变主意呢。动物也有较强的自我保护意识。

又过了很长时间，马麝开始移动身体，慢慢向下爬。我看着马麝，准备等它下到地面，就撤回帐篷。

但是令我万万没想到的是，石壁上的马麝突然一头栽了下来，鲜血很快流了一地。它挣扎了几下，就不动了。我完全懵了，愣了好一会儿才反应过来：是有盗猎者射中了马麝！

我义愤填膺，真想跳起来大声呵斥。但转念一想，我身处深山，又没有防身的武器，不一定是盗猎者的对手。

想到这，我隐藏了身体，继续观察。我判断射弩箭的人没发现我，有山峰石壁的阻挡，估计他只看到了高处的马麝，连刚才的野狼也没有发现。

“今天运气真好。”随着声音响起，一个身影从乱石后面蹿了出来。那人皮肤黝黑，十分精干的样子，应该是盗猎的老手。他十分警觉，看了一下四周才放下弩，掏出一把锋利的刀，走到马麝跟前，蹲下身子开始动手。

我仔细看着，原来他是在割马麝腹部的香囊。雄麝性成熟后，麝香腺囊饱满，囊内储存着麝香，那是名贵的中药材。

那个人忙活着，带着一副得意忘形的神态。我十分气愤，真想冲上去揍他一顿，但理智告诉我不能冲动。

突然，一个灰影冲出了树林，竟然是那匹野狼。我的眼睛瞪圆了——这个家伙竟然没有走远，它此时出现是想干什么呢？

野狼大约闻到了血腥味，直接扑向马麝的尸体。它可能已经十分饥饿，太需要肉了。有了这些肉，它就能度过接下来的严冬，否则，最近几天就可能饿死。当然，这只是我的猜测，依据是它干瘪的肚皮和眼里的绿光。

那个盗猎者也觉察到了。当他转身看到是一匹野狼时，惊恐万分，因为野狼离他太近了。他大叫着，试图吓退野狼。由于太慌乱，没来得及去拿附近的弩。

野狼没被吓跑，完全把盗猎者当成了敌人，一人一狼对峙起来，一场大战即将爆发。

盗猎者的经验比较丰富。他观察了一下周围，看到只有一匹狼，稍微放心了些，他最怕来的是一群狼，那样恐怕连挣扎的机会都没有。他挥舞短刀刺向野狼，野狼急忙跳开，动作相当敏捷。

不得不说，从一开始的这一较量，我就已经看出胜负。盗猎者貌似凶狠，实际动作有些僵硬，虚张声势。野狼虽然后退，却步法灵活，十分稳健。盗猎者唯一的机会是赶紧去拿弩，或许可以射到野狼。

不过，野狼显然不会给他这个机会。他只要稍有动作，野狼就往上扑，这一蹦两米多高，可不仅仅是地面作战了。

盗猎者十分紧张，突然脚下一绊，跌倒在地。刹那间，野狼从几米外蹿上来，咬住了他的颈椎，动作快得出奇。我几乎要惊叫起来。

那人奋力挣扎，但是无济于事。他越挣扎，野狼似乎越兴奋。

终于，盗猎者不动了，野狼也松开了嘴。野狼并没有继续伤害他，而是拖起马麝进了树林。等到野狼不见了踪影，我才长长舒了一口气。

那个盗猎者始终没有再动，我没敢过去，记下位置后下山去寻找救援。路上遇到了一个护林员，他立即联系了森林公安。之后听说那个盗猎者受了重伤，虽勉强捡回一条命，但精神受到严重刺激，声称再也不敢盗猎了。

目睹了整个过程，我的内心受到极大的震撼。马麝如此勇猛、矫健，好不容易躲过了野狼的追杀，却被一支弩箭结束了生命。野狼为了吃到马麝，竟然攻击盗猎者。大自然的玄妙真是无法言说。

动物观察笔记

爱攀岩的大高个儿马麝

别名 | 香獐、高山麝

种属 | 哺乳纲偶蹄目麝科

体长 | 80—90厘米

体重 | 15千克

分布区域 | 不丹、中国、印度、尼泊尔等

◎出没地带

针叶林和高山灌丛

◎最喜欢的食物

各种草、嫩枝、树叶

◎保护级别

濒危物种，国家一级保护动物

❶ 家族里的大高个儿

在中国，麝的家族庞大，有林麝、马麝、原麝、黑麝和喜马拉雅麝等，马麝是其中个子最高、体型最大的一种，皮毛浅褐色，雌、雄都不长角，雄性马麝的上犬齿呈月牙状。

❷ 珍贵的“软黄金”

雄性马麝腹部的香腺囊中的分泌物干燥后形成香料，即为麝香，香味浓郁，穿透力强，对中枢神经系统有兴奋作用，是治疗中风、脑炎的特效药。很多著名的中成药，如安宫牛黄丸、六神丸、云南白药等都含有麝香的成分。麝香不仅有较高的药用价值，而且还是一种名贵的天然高级香料，有“软黄金”之称。

❸ 胆小又孤独的登山者

马麝喜欢在晨昏时间活动，白天休息。生性胆小多疑，外出活动时总是东张西望，警惕地留意四周情况。行动灵活、迅速、敏捷，奔跑速度极快，可达55千米/小时，但持久性较差；喜跳跃，能平地起跳两米的高度；喜攀登悬崖，常居高躲避敌害。性情孤僻，大多选择僻静、隐蔽的环境过着独居的生活。

第三章

冲向火海的大角

扫码即可
声临其境

十几年前的一个春光明媚的5月，我专程去采访位于大兴安岭深处的几所希望小学，准备为某报社做一个专题报道。我对那边的情况比较熟悉，乘车到达了多拉古玛村。村里有我以前来这里时认识的鄂伦春同胞温库吐，他热情地接待了我。再往里走就没有像样的路了，只能骑当地特有的驯鹿。

驯鹿是大兴安岭的特产。一千多年前，它们在密林中出没，后来被鄂伦春人驯养。它们的长相比较奇怪，头似马，身似驴，蹄宽大如牛，角似鹿，俗称“四不像”。

驯养的驯鹿性情温顺，能负重长途跋涉，是人类的好帮手。鄂伦春人对待它们的方式也很特别，平时就放养在近处山上，要呼唤它们时，一吹口哨，它们就来了，可见彼此关系非同一般。驯鹿极其机敏，灵性十足。温库吐家养的驯鹿叫大角，尤其通灵，我以前到这里旅游、采访时都骑它，早已非常熟悉。它以前没名字，我见它分叉的角特别大，就这样叫它了，它似乎很乐意。

温库吐很了解我的心思，当天下午就把大角叫来了。大角还记得我，老远就发出兴奋的叫声。它没多大变化，还是那么高大强壮，灰棕色的毛皮闪着光泽，大眼睛仿佛会说话。我抚摸着它的长脖子，亲热了半天。

第二天早晨，我把摄影器材等物品打好包，驮在大角身上，然后告别温库吐，骑着它出发了。我们要走三四十千米的山路。大角负重力极强，且擅长爬山，驮我和那点行李是

小菜一碟。

林海的风光幽深奇美，越是人迹罕至处越令人惊叹。突然，大角发出急切的叫声，是在报警——前面有敌情！我立刻严阵以待，向前眺望。原来前面几十米的灌木丛中有一头大野猪，脊背上的鬃毛历历在目。

野猪繁殖能力极强，在当地数量较多，有时会蹿出林子破坏庄稼。

野猪向我和大角冲过来，刚才是半隐半现，现在它的身体全暴露出来了，有两米多长。野猪的头更是大得不成比例，嘴巴又长又尖，两颗獠牙寒光森森，像两把锋利的弯刀。

幸亏大角久经沙场，驮着我转身就跑。它跑得很快，可比起近乎疯狂的野猪，还是差了一点儿。眼看野猪就要追到了，情况万分危急！大角很聪明，来了个急转弯，野猪的反应慢了半拍，被甩开了。

当大角又一次急转弯时，我由于太紧张，竟一下子摔了下来，翻了几个跟头。我两眼冒着金星，但脑子还算清醒。

旁边有一棵碗口粗的树，我想都没想就“噌噌噌”地往上爬，几下子就爬了五六米高。这下野猪咬不到我了。我紧紧搂住树干，呼呼喘着粗气，感觉胳膊和手腕隐隐作痛，脸上也疼，原来是被树枝划破了。

还没安稳一分钟，我猛然觉得树干剧烈地摇晃起来，身子也跟着晃动，朝下看，原来野猪正在用身子猛撞树干。估计刚才大角想把它引开，可它追不上，这才回来找我撒气。它皮糙肉厚，有使不完的蛮力。这棵树并不粗，看情形用不了几下就会被撞断，到那时，我就插翅也难逃了。

危急关头，大角一阵风似的跑回来。它本来可以独自逃命，却冒险回来救我。我感动不已，相信大角一定有办法赶走野猪。

大角趁野猪不备，用它坚硬的叉角在野猪屁股上狠狠顶了上去。那里的肉比较软，被扎进去很深，野猪痛得惨叫一声跳起老高。它并没有逃走，兜了个圈子又气急败坏地朝大角冲去。平时连老虎都要让它三分，此刻这一头驯鹿竟敢跟它动武，它能不懊恼吗？

大角似乎知道，它一走野猪会马上再撞树，所以并没有逃走，而是定定地站在那里。眼看野猪如坦克般撞过来。“危险！”我见状大喊。却见大角陡然跃起一米多高，野猪在它下面呼啸而过。好样的，大角！

野猪又向前冲了十几米才停下，回头发现自己被愚弄了，它火冒三丈，又杀回来。这家伙看着笨，其实蛮精明的，马上摸到了窍门，不再瞎冲猛撞，而是摆动那锋利的獠牙与大角短兵相接。大角虽有硬角，可只能正面顶撞，不能作为灵活运用的武器。再说它只是食草动物，怎么能跟天不怕、地不怕的野猪比呢？在野猪疾风骤雨般的攻击下，大角很快处于下风。

我在树上为大角干着急。突然，野猪怪吼一声，猛地跃起，用獠牙扎向大角的腹部。大角忙跳起来躲开。随即，野猪后蹄一触地，摆头又是一下。大角躲避不及，后腿被划破了。

鲜血更加刺激了野猪的野性，它狂叫着扑向大角。大角也红了眼，豁出命了，与野猪厮杀起来。但仅过了几分钟，交战的双方都停了下来，竖起耳朵在听什么，全然忘记了战斗。片刻，野猪哼了一声落荒而逃，很快不见了踪影。大角迅速跑到树下，又摇尾，又叫唤，示意我马上下去。

野猪就这么跑了，我们化险为夷了？太蹊跷了，像在做梦。会不会有什么更可怕的敌人来了？要真是那样的话，下去不是更危险吗？我在树上迟疑不决。忽然感觉风有些热，紧接着听到隐隐的怪响，迎着风一看，几百米外火光冲天，一道火墙正朝着这边燃烧过来——发生了森林大火！我的天哪！

眼下正是天干物燥的时节，极易引发森林火灾。那些易燃的油松一旦失火，马上就会把临近的树烧着，火势会迅速扩散。今天又有很大的风，那大火如同山洪暴发般汹涌而来，即使离火很远的树也着了。燃烧的火墙有两三千米

宽，并且形成最猛烈的“树冠火”，火苗在树顶飞动，移动速度很快，用不了多久就会烧过来。

啥也别想了，赶快跑吧，千万别让大火追上。我连忙下了树，一下跳到大角身上。大角真是好样的，不用我催促，拔腿奔跑起来。但是不对啊，大角竟然向着火燃过来的方向跑！我的脸都绿了，冲着大角喊道：“你昏头啦，快往没火的地方跑，没时间开玩笑。”

可大角没听指挥，仍旧向着火烧过来的方向跑。我真急了，双手抓住大角的双角使劲掰，可我没有它劲大。它突然尖啸一声，像是发怒了，奋蹄向着火墙跑去，速度极快。我已无能为力，看来我命该绝，就由它去了，反正下去也是死路一条。

大角一瘸一拐地跑了没一会儿，冲天的大火已迎头而至。我吓得伏在它背上，眼睛都不敢睁开，头脑一片空白。我能感觉到大角已冲进火海，身上一阵发烫。

我等待着自己被烧死，可是奇怪，身上好像并没着火。睁眼一看，自己的确没事，仍在大角背上，它还在奔跑。回头看时，我明白了，乍一看远处的树都好像着了火，其实火都在树冠上，并且火焰是往上冲的，树干很长，下面只是有些热。

得救了！大角真聪明，如果我们顺风逃走，它受了伤跑不快，不久就会被火追上。大角采取迎火跑，看起来可怕，可还有跑到火区尽头的可能，火是不会逆风行进的。

越往前，火离地面越低。虽然大角尽量往火小的地方跑，但我的身上越来越烫，再这样下去也很危险，怎么办？

一根燃烧的树枝砸到我身上，我的衣服立刻着了，最可怕的情况还是发生了。我尽量稳住身子，脱下衣服扔了。四面都是火，“噼噼啪啪”的声音响彻耳畔。

大角已经相当累了，腿又受了伤，可它依然顽强地撒腿狂奔，如同一阵风，速度太惊人了。我紧紧贴着它的背，不敢动弹。周围温度骤升，大角已冲进火海。我觉得自己身上烧着了，头发眉毛全没了，大角身上也快焦了，我们马上要变成一团火。

就在我快要崩溃的一刹那，突然听到“扑通”一声，身上顿觉一阵凉爽。睁眼一看，原来大角背着我跳进了一条河。我的周围全是水，绿莹莹、清凉凉的水，救命的水。我从没对水有过这样的渴望，使劲往里面扎了几个猛子，甭提多舒服了。不远处仍有火光，但这里是安全的。大角的嗅觉极其灵敏，它一定是感知到了水源，才不顾一切往这里跑的。大角，你太厉害了！

歇息了一会儿，恰好有瞭望塔的防火员跑来，我报告了火场的情况，他们马上联系森林消防队前来救援。

回到温库吐的家后，我向他讲述了火海脱险的经历，并夸赞大角太了不起了，简直有“特异功能”。温库吐说：“这是它的祖先传承下来的。森林中经常有大火，大火一起，那些顺风跑的动物都被烧死了，只有逆风跑的能活命。驯鹿逐渐积累了经验，一代代传下来。”真是太不可思议了。看来，人类就应该多和动物做朋友，它们能带给我们意想不到的帮助和启示。

这次经历后，我一直在思考动物是否真的有较高的智力。几年后，另外一次经历让我再次深思。

那是四年后的9月，我去广西的九万大山游玩，那里的物种资源仅次于西双版纳，是我国第二大物种基因库，风光绝美自不必说。我在一个叫三防的小镇休整了一天后，便带着准备好的食物和各种装备独自进了山。由于以前来过，所以这次没有请向导。

徒步旅行艰辛又快乐，前两天我走了二十五六千米，进了深山，渐渐看不到人烟，只能睡帐篷。我很喜欢这种近乎与世隔绝的感觉，这能使我更深入地思考一些问题。重返尘世后，会更加精力充沛，信心百倍。这里的风光宛如仙境，溪流涧水纵横四野，飞瀑流泉随处可见。

第三天下午，我正想找个稳妥的地方宿营，突然听到一阵尖叫声，有点像猫叫，声音凄厉，令我毛骨悚然。究竟发生了什么事？我是否会遇到危险？我急忙拔出随身携带的猎刀，紧紧攥着，严阵以待。

等了一会儿，叫声依然没停，可以肯定不是冲我来的。我舒了一口气，本想离开，又觉得那叫声太凄惨，思考再三，决定冒险看个究竟。

我循着叫声穿过一片茂密的灌木丛，远远看见一只小动物，正在张嘴嘶叫，爪子在一块大石头上乱抓，叫声就是它发出来的。我隐蔽好，仔细观察。

这是一只很像小灵猫的动物。我对各种动物有所了解，认出那是一只椰子狸，也叫椰子猫、棕榈猫。它有半米多长，比家猫大，尾巴很长，体毛基本是污黄色，体背有几条显著的黑色纵条纹，头尾黑褐色，脸上有白色斑纹。它属于小型的食肉动物，还是比较凶猛的，以鼠类、小鸟、蛇、蜥蜴等为食。这只椰子狸一直急切而痛苦地叫着，它的样子可用撕心裂肺来形容。没想到动物能如此动情，我猜测一定是发生了不寻常的事。

我每年都要出来旅行探险，认识很多猎人，对常用的狩猎方法有所了解。我判断那块长方形的石板有问题，极有可能是盗猎者用于设置圈套的。

石板已经压下，下面应该有被压住的椰子狸，并且很可能还活着。否则上面那只椰子狸不会如此叫唤，它在呼唤同伴，或与同伴交流，希望能救出同伴。可惜凭它的力气，怎么可能移动那块大石板？可恶的盗猎者不知什么时候会出现，到时候连它也凶多吉少。

看椰子狸如此重情重义，我决定帮它一把。这当然会有风险，但我愿意试一试。椰子狸是食肉动物，爪尖齿利，也是不太好惹的，我不想引起它的误会和反感，于是慢慢靠近。很快椰子狸发现了我，它很警觉，做了一个逃走的动作，但很快停下来，冲我示威似的怒吼。它还是把我当成敌人了。

我保持镇静，走得很慢，竭力想要证明自己的善意。我相信它应该能感觉出我与猎人的不同。我离它只有几米远了，心里相当紧张。

大概动物骨子里还是畏惧人的，终于，它跑开了。我惊喜不已，心想，也许它真能看出我是好人呢！到了近前，试探了几次，确定椰子狸不会攻击我。我运了一口气，将手插到石板下面，使出浑身的力气把石板搬起来，翻了过去。当时绝对是超水平发挥了，可能人在危急情况下会激发潜能吧。

石板下，果然压着一只椰子狸，我的判断是正确的。我不懂如何救治动物，情况复杂，还是撤退为好。于是我快速闪开了。

刚才那只椰子狸见我离开，很快跑过去，对着同伴又舔又抓。可惜被压的椰子狸伤势很重，腿可能断了，内脏也有可能出血了，基本已经不能动弹。我看了很心疼。跑过来的那只椰子狸更不能接受这一切，叫声依旧凄惨。此时若盗猎者过来，它们仍旧是危险的，我决定再守护一会儿。

等了约半小时，受伤的椰子狸情况似乎好些了，能勉强站起来，但仍不能走动。另一只椰子狸一直陪着它，竭力帮助它，我不禁看得出了神。被压的椰子狸个头较大，应该是雄的，另一只个头较小，应该是雌的。椰子狸是少数常年成对活动的小动物，实行一夫一妻制，毫无疑问这是一对夫妻。雄的为了寻找食物冒险到了石板下，因此被压。它们感情深厚，所以雌的才如此悲伤。我边看边想象着它们的故事，不由自主地往前走，看能否帮它们做点什么。

突然，背后传来“刷刷”的声音，相当诡异和有恃无恐。有新情况！我急忙握紧猎刀，猛地回头。“啊！”我吓得差点魂飞魄散。只见一条巨大的毒蛇正向我这边爬过来，它有人的手腕般粗，四五米长，翘着脑袋，扭动着身子，爬得很快。从体形和棕黑的鳞片颜色看，这是一条眼镜王蛇。

眼镜王蛇和眼镜蛇只一字之差，却厉害得多。四五米长的粗大身体令人闻风丧胆。被它咬上一口，如果半小时内没有及时的药物治疗，必死无疑。这条眼镜王蛇显然是冲我来的，我想跑，但山上怪石嶙峋，根本跑不快，片刻就会被追上。还有一个办法就是原地不动，也许可以侥幸过关。我不知是感觉自己跑不了还是吓傻了，竟然选择了一动不动。

那条极其可怕的眼镜王蛇径直朝我游来，目标很明确。怎么这么倒霉！当这条眼镜王蛇离我只有六七米远的时候，我想跑也来不及了。

我准备临死前搏一把，哪怕是徒劳的。我挥起猎刀，等眼镜王蛇扑上来时就砍下去。我知道毒蛇咬猎物的时间像闪电一样快，我即使能砍中它，自己也会先被咬到。不管我如何英勇，死亡似乎无法避免。

我的意识变得模糊，恍惚中，一个身影跳起来，迎着眼镜王蛇扑过去。定睛一看，竟然是那只雌椰子狸。眼镜王蛇反应很快，立即转移目标，对它发起攻击，猛地咬过去，速度奇快。椰子狸“噌”地一下闪开了，并用爪子捣了眼镜王蛇的身子一下。

真没想到会出现这样的变化，我暂时脱离了危险，心里又惊又喜。椰子狸经常捕捉蛇类作为食物，包括毒蛇，所以并不怕毒蛇。雌椰子狸见眼镜王蛇袭来，可能以为它要伤害雄椰子狸，所以毫不犹豫地上前迎战。这在客观上帮了我的大忙。

眼镜王蛇是毒蛇中的毒蛇，经常把别的毒蛇作为食物，它简直就是丛林中死神的化身。我十分佩服雌椰子狸超常的勇气，因为它肯定知道这条眼镜王蛇的厉害，但为了保护伴侣，雌椰子狸豁出去了。动物如此真挚深厚的情义令我惊诧万分，如果不是亲眼所见恐怕很难相信。

椰子狸牙尖齿利，动作迅捷灵巧，能对付一般的毒蛇，但对付这么一条气势汹汹的大眼镜王蛇，显然不是对手。在之后眼镜王蛇发起的进攻中，雌椰子狸很快处于下风。眼镜王蛇不断进攻，几次险些咬到雌椰子狸，让我紧张得直冒汗。雌椰子狸已经陷入眼镜王蛇的控制，难以脱身，随时可能丧命。

我再次感觉到危险，现在马上转身逃离还来得及，可我

跑出几十米远又返了回来。两只椰子狸的情义深深打动了我，我不忍离开。我试图想办法助雌椰子狸一臂之力，却根本无法靠近。我心急如焚，只能期待奇迹再次出现。

突然，眼镜王蛇闪电般一扑，大嘴咬住了雌椰子狸的肋部，我看得很真切。完了！最不想看到的情况还是发生了。毒液已经大量注入雌椰子狸体内，它在极短的时间里就会毙命。眼镜王蛇松开嘴，身子退了回去。对付相对强大的敌人，毒蛇不会死死咬住对方，以免猎物挣扎而损坏它的毒牙。注射毒液后，它会松开，等待猎物自行中毒死亡。

但是当眼镜王蛇撤回身子，雌椰子狸猛地一口咬住了它的身子，它趁毒液尚未发挥作用的一瞬间，做了最后一击。眼镜王蛇完全没有防备，因此这一击是致命的。眼镜王蛇本能地再次咬住雌椰子狸，却已经没有什么意义。雌椰子狸身上的毒性已经发作，正在走向死亡，但它尖利的牙齿死死咬住眼镜王蛇的身子。鲜血从眼镜王蛇的身上喷涌出来，很可能心脏破了，它痛苦地挣扎翻滚着，却无济于事。过了一会儿，两个动物都倒在地上一动不动了。

我知道，雌椰子狸最后的刚烈壮举打败了强大的对手。它死了，也消灭了对手。我被深深震撼了！

我走向雌椰子狸的尸体，它仍然咬住眼镜王蛇，想分开几乎是不可能的。我能做的就是尽力救助那只雄椰子狸，它的伴侣用生命保护了它。我把雄椰子狸抱起来放进包里，向山下走去。不久，我找到一个野生动物救助站，把雄椰子狸交给他们。听完我讲述的所发生的一切，他们也感动不已。

我感慨地说："九万大山的眼镜王蛇真不得了，会主动攻击人，太可怕了！"

一个工作人员说："不对呀，眼镜王蛇是很凶猛，但不会无故攻击人的。你身上带了什么东西呀？"

我很惊讶，说："没带什么，就是食品。"

"你身上好像有烤鱼的味道。"

我忙说："我确实带了一些烤鱼。"

那个工作人员说："蛇对熟鱼的味道很敏感，在野外绝不能烤鱼吃，否则毒蛇很快会闻着味道过来。你的烤鱼招来了那条眼镜王蛇，它向你逼近，不是冲你，而是冲你身上的烤鱼味。当然，你一乱动，就难免被攻击了。”

我恍然大悟，连连说：“以后一定注意，真是太危险了。”

“你救雄椰子狸时，那条眼镜王蛇已经闻到你身上的气味，向你爬来。如果你离开，眼镜王蛇肯定会伤着你。正因为你在两只椰子狸旁边，雌椰子狸意外出手，降伏了眼镜王蛇，你才捡回了一条命。”

我仔细回想，觉得很有道理。如果不是我当时善心大发，上前救助雄椰子狸，自己可能就遭遇了不测。有时候，拯救别人就是拯救自己呀！

动物观察笔记

不吃椰子的椰子狸

别名 | 椰子猫、棕榈猫、花果狸

种属 | 哺乳纲食肉目灵猫科

体长 | 48—55厘米

体重 | 2—3千克

分布区域 | 中国南部、南亚、东南亚

◎**出没地带**

热带雨林、季雨林和亚热带常绿阔叶林

◎**最喜欢的食物**

各种浆果和一些小型动物

◎**保护级别**

无危物种

1 不吃椰子的椰子狸

虽然叫椰子狸，但它们几乎不吃椰子。椰子狸食性很杂，有野果的季节，常在树上觅食各种浆果；其他季节，也捕食老鼠、小鸟等一些小型动物。人工喂养时，也吃香蕉、苹果、米饭、馒头、蔬菜等。因为适应环境和繁殖能力都很强，所以椰子狸是世界范围的典型无危物种。

2 吃素的刺客

椰子狸虽然常吃素，但也有很强的猎食能力。它们的足部有掌垫，并且与腕垫相连，行走时几乎没有声音，常使猎物猝不及防，是天生的暗杀高手；而且敏捷机警，所以一旦素食吃腻了也想开荤，很少有猎物能够逃脱它的爪子。老鼠、小鸟、蛇、蜥蜴、昆虫、蜈蚣等都在它的“菜单”上。

3 关于猫屎咖啡的趣事

猫屎咖啡是印度尼西亚当地一种特殊的咖啡。咖啡园主清晨去收集那些吃了咖啡果的椰子狸排出的含有咖啡豆的粪便，清洗晒干后直接烘焙，便是最传统的猫屎咖啡。咖啡果在椰子狸的肚子里经过胃液与肠道的发酵，省去了人们从咖啡果到干燥咖啡生豆的繁琐加工流程，而咖啡农把这当作大自然的美好馈赠。

第四章

护林员奇遇

扫码即可
声临其境

高黎贡山自然保护区位于云南省西北部，总面积40.52万公顷，是国家级森林和野生动物自然保护区，素有“物种基因库”和“自然博物馆”的美称。杨周就是这里的一位林业管护员，每天定期巡视山林。

那年9月的一天，杨周到螃蟹岭一带例行巡视。管护站位于保护区的腹地，出门就是人迹罕至的深山老林，螃蟹岭的位置更是险峻荒僻。俗话说，无限风光在险峰。这里堪称世外佳境，古木森森，飞瀑流泉，虽是盛夏，却弥漫着一种特有的凉意。

杨周穿行在一条阴森的沟谷，突然“嗒”的一声，他的脚被什么东西死死夹住了，刺骨的剧痛旋即升起。他忍不住大叫起来，汗珠子“刷刷”地往下滚。低头一看，原来是踩中了机关，脚踝被一个捕兽夹击中。这种夹子他见过，是由精钢打造的，威力强大，一端固定在石头上，野兽的腿只要被夹住，就别想挣脱了。不用问，这是盗猎者安放在这里的。

挣脱是不可能的，杨周下意识地大声呼叫救命，可这荒山野岭的，哪有人呀！没办法，他只能捡起一块石头使劲砸固定在石头上的铁链。只要砸断铁链，就是爬也要爬下山。

突然，远处传来窸窣的声音，直觉告诉杨周那是有野兽在接近。他抬头观望，十几米外的灌木丛中赫然闪出一只猞猁。猞猁是一种不太常见的猫科动物，行踪诡秘。人们习惯把它与各种野猫并列，其实它们的个头只比豹略小一点，非常凶猛。他眼前的这只猞猁，身子加上尾巴有近两米长，两鬓的毛浓密下垂，耳尖也长着一簇长毛，肚皮呈白色，体背及四肢上部散落着小块沙棕色圆斑。

一般的野兽都是怕人的，可这只猞猁丝毫没有逃避的意思，绿幽幽的眼睛盯了他一会儿后，竟慢慢向前凑来。这太反常了，从它的神态看，杨周明白绝对是来者不善。它的头部有很明显的伤疤，可能性情已经不正常了。猛兽都有洞察对手实力的天赋，若是强者就甘拜下风，敬而远之；若是弱者就不由分说，将其变成猎物。这头老练的猞猁绝对看出了杨周的虚弱和困窘，他伤口的鲜血对它更是一种强有力的食欲刺激。

杨周的处境十分不妙。他心中非常慌乱，却只能强迫自己镇定。他打算依靠自己丰富的经验和对野兽的了解先稳住它，不曾想它已经虎视眈眈地逼上来。他急忙张开双臂，使自己看起来很大，又捡起石头示威。

猞猁一点也不害怕，反而像受了什么刺激，愤怒地咆哮了一声，扑到杨周的近前，张开大嘴，闪电般在他的大腿上咬下了一块肉。还没等他反应过来，猞猁就已经转身跳开了。杨周痛得几乎昏过去，可又不敢喊叫，因为那会刺激猞猁更加疯狂地攻击。他想往后爬，可脚踝被铁链子死死拖住了。很显然，他已身陷绝境。

杨周闭上眼，等待命运的判决。突然，四周响起嘈杂的声音。杨周疑惑地睁开眼，抬起头，看见一群猴子围了上来。它们披着灰毛，个头不大，尾巴很长，脸、手、足都是黑色的。他认出这是保护区里常见的灰叶猴，足有十几只，看起来是一副不好惹的样子。它们来干什么？

猛兽进食都不喜欢被围观，猞猁对着灰叶猴“嗷嗷”叫起来。本来灰叶猴非常怕猞猁，因为那是它们的天敌之一。可这群灰叶猴有点反常，它们并没有逃走，反而向猞猁示威。杨周看出来了，里面有一只个头明显大一些的猴王在挑头。猞猁气急败坏地扑向近前的几只灰叶猴，看样子要大开杀戒了。那些灰叶猴似乎早有防备，霎时间四散奔逃。猞猁岂肯罢休，一气追出去老远。

猞猁见逮不着灰叶猴，又朝杨周跑来，可还没等它到跟前，躲在附近的猴王和另外一些灰叶猴又龇牙咧嘴地迎了上去。猞猁张牙舞爪一番，满以为能把灰叶猴吓跑。可那些灰叶猴似乎个个吃了豹子胆，在猴王的带领下，突然齐心协力地向它猛扑过去。

俗话说，狭路相逢勇者胜。灰叶猴虽不是猛兽，但个个勇敢，为了争夺领地，经常发生大的群体性争斗，所以实战经验非常丰富。它们仗着“猴多势众”，围住猞猁一通猛攻。猞猁被这气势给震慑住了，一时无从下手，只得跳到了树上。

看着猞猁退远了，杨周心里稍微安稳了些。真是多亏了这些灰叶猴，只是不知道它们为什么如此仗义，会搭救他这个陌生人。猴王长得非常强壮，头顶的毛又长又密，形成

黑褐色的毛冠，非常威严。看着猴王的身影和神情，杨周莫名有一种亲切感，可形势紧急，容不得他想太多。

猞猁没吃过这么大的亏，突然兽性狂发，闪电般挥舞着粗壮有力的前爪凌空扑下，把几只灰叶猴击倒在地。群猴只得从杨周身边跑开躲起来。杨周又彻底暴露在猞猁近前。猞猁折转身，向杨周逼过来，看来它的主要目标还是他。它的神态狰狞异常，眼睛都冒火了！这无疑是一只对人类有极大仇恨的猞猁，看来不把他咬死是不会罢休的。

紧要关头，只见猴王尖啸一声，连蹦带跳地追向猞猁，速度快得出奇，眨眼间到了猞猁身后。别的灰叶猴见状也都呼啸而至。猞猁似乎感觉到了事态的严重性，如果它敢吃杨周，这群猴真的会跟它拼命。它识趣地转过头，背对着杨周。猴王也停止了进攻，双方对峙起来。杨周很感慨，猞猁让他恐惧、痛心，而群猴则让他感动不已。

又僵持了一会儿，猴王突然离开，但很快返回，手里拿着一根树枝。它爬上树，把树枝扔在杨周跟前。这正好可以当武器，杨周立刻拿了起来。猴王真是太通人性了，他高兴地向它挥挥手。

当杨周仔细看这根树枝时，几乎惊呆了！天哪，这是巧合还是……

这时，狰狞的猞猁又转过身向杨周进攻。到嘴的食物一直没吃上，它都快气疯了，对他手中多了的这根树枝也没当回事。当猞猁再次扑上来时，杨周没被吓倒，他信心十足、沉着冷静，蓦地用那满含汁液的树枝断面朝着它的嘴一捅。这下捅个正着，猞猁痛得一哆嗦，没敢继续进攻。

片刻后，猞猁惨叫起来，原地打转，甩头乱吐，随即便逃进了附近的灌木丛里。这一切都在杨周的意料之中，因为他认出那根树枝是从见血封喉树上折下来的。见血封喉树又叫箭毒木，是一种常绿大乔木，枝干流出的白色汁液有剧毒。猞猁刚才被捅得不重，但也够它受的了。

成年的野兽对各种有毒的动植物非常敏感，绝不会招惹。灰叶猴王经验丰富，当然知道见血封喉树的厉害。它竟然能为杨周折来树枝御敌，如此灵性，真是闻所未闻，令人惊叹！

杨周总算脱离了危险，与猴王对视了一下，感觉有些面熟，但他来不及细想，是非之地不可久留。他抓起石块，奋力砸断了铁链，咬紧牙关蹒跚地回到管护站。

猴王和群猴跟随了很长一段路才返回深山丛林。杨周因受伤失血，一路昏昏沉沉的，到达管护站后马上被同事送往了医院。

杨周伤好一些后，向同事讲述了自己的奇特经历，大家都觉得不可思议。可这就是事实！作为灵长类动物，灰叶猴的智力比人们想象的要高。

杨周仔细回想自己与灰叶猴的渊源，终于恍然大悟，一定是它！原来，两年前，杨周和几名同事在山上截获一个盗猎团伙，救出了十几只动物，其中有一只出生不久的灰叶猴，它的妈妈已经被猎杀。杨周主动承担了喂养它的任务，对它悉心照料，无微不至。这只小灰叶猴慢慢长大，竟把他当成了亲人,对他特别依赖。但长期脱离自然环境可能会影响它本性的发展,杨周克制住自己内心的情感,开始疏远它,等它有了一定的生存能力,就带到深山放生。可它怎么也不肯走,好不容易撵走了,又跑回来。最后没有办法,杨周只能假装对它大发雷霆,它才没再回来。不过在杨周巡视时,它曾多次尾随跟踪,后来大概加入了猴群,才慢慢见得少了。

没想到它非比寻常,依靠自己的体力和智慧成了猴王。它没有忘记杨周对它的恩情,那天偶然相遇,便竭力救他脱险。它变化非常大,他已认不出了;而他基本没变,它依然记得。人类善待动物,真的会有意想不到的回报。

杨周心里有些遗憾和费解的是那只猞猁,它差点让他"以身殉职",想想都后怕。它为什么这么仇视人类呢?

大约半个月后,这个疑惑终于有了答案。当地管护站抓住一个盗猎者,据盗猎者交代,他曾经在附近的山岭上捣毁过一个猞猁巢,杀死了几只小猞猁,母猞猁顽强抵抗,受伤后逃脱了。不用说,袭击杨周的应该就是那只母猞猁。亲生骨肉被人害死了,它当然对人类恨之入骨。

杨周陷入了深深的思索,在地球这个大家园里,动物可能是人类的好朋友,也可能是非常可怕的敌人,就看我们怎么对待它们了。

又有一次，杨周在山上巡视。中午时分，他在深山密林中穿行，隐约听到一丝异样的呻吟声，森林里一片静寂，杨周听得很清晰。他顺着呻吟声走了几十米，终于发现声音的来源。他看到地上有一簇颤动的尾毛，立刻明白了，是一个小动物被猎人的机关俘获了。

以前，每年有很多鼬类动物被人类轻松捕获，然后杀掉，肉被食用，毛皮加工成衣服等。这样的盗猎行为是违法的。杨周对此深恶痛绝，见了这样的机关便一一拆除。他蹲下来细看，从尾毛判断，被困住的是一只黄鼠狼。这是一种比较常见的鼬科动物，数量相对较多，它的尾毛可以制成毛笔，称为狼毫，因此也有人热衷于捕捉它。

看得出这只被困很久的黄鼠狼，已经筋疲力尽，无限绝望，所以才发出濒死的痛苦呻吟。杨周攥起拳头，愤愤地想：这些盗猎者真可恶。眼下需要尽快救出这只黄鼠狼。他用刀小心地劈开竹筒，一只约半米长的黄鼠狼掉出来。它仍保持着挺直的姿势，也许身子已经麻木，无法动弹。它半眯着眼，看着杨周。杨周非常和善地看着它，可黄鼠狼把他当成了盗猎者，吓得不敢动，以为死定了。杨周笑了，用手轻轻地抚摸着它光滑的皮毛，说："小家伙，别怕，我是来救你的。你自由了，放松一下，赶快走吧！"黄鼠狼看着他，好像不相信这一切。过了一会儿，它的身子慢慢恢复正常，动了几下，确信这个人没有要伤害它的意思，终于跳起来向灌木丛跑去。跑出十几米，它觉得安全了，转身望着杨周，小眼睛里充满了疑惑和不解，然后是一种感激。杨周笑着朝它挥挥手，说："小家伙，以后注意呀，可别再贪吃上当了。"黄鼠狼又迟疑着看了看他才消失在灌木丛中。

杨周救过不少动物，这只黄鼠狼的悲鸣让他多了几分亲近感。这机灵的小家伙似通人性，看那眼神、那姿态，以及在竹筒中呻吟和躺在地上绝望的样子，像一个孩子。盗猎者怎么能对这么可爱的动物痛下杀手呢？杨周感慨了一会儿，继续巡视。

这件事对于长年在野外巡视的杨周来说不算太意外，他并没怎么放在心上。可是过了几天，他竟然又在山上遇到了那只黄鼠狼。不过这次这个小家伙不是被困，而是在他前面跳来跳去，还不时地翘起脑袋，瞪着溜圆的眼睛注视着他。毫无疑问，这是对他信任的表现。他很惊喜，向它挥手打招呼。过了好一会儿，它才离开他的视线，跑进树林里。

杨周更觉得这只黄鼠狼不一般了。民间称黄鼠狼为"黄鼬大仙"，意思是这种小动物很有灵性。以前只是传闻，现在看来还真有这么点意思。

以后的一段日子里，杨周又几次见到那只黄鼠狼。再后来，几乎每次上山都能看到。他十分激动和喜悦，那只黄鼠狼完全信任他了，甚至把他当成了伙伴。这是多么不可思议的事，一个人和一个不会说话的动物成了好伙伴，不是亲身经历恐怕还是难以相信的。当然，好伙伴有很多种，这种远远注视和默默关注也算是一种。

黄鼠狼和杨周的注视距离越来越近，有时仅几米之隔，杨周可以很仔细地观察它。黄鼠狼其实是一种非常漂亮的小动物，金黄色的皮毛滑溜溜的，圆脑袋小巧灵活，眼睛明亮清澈。它的外形很像紫貂，又有几分像猫，太可爱了。杨周越来越喜欢它，有时还特意给它带点吃的。

一天雨后，对工作认真负责的杨周还想去山上巡视，于是他又出发了。路相当滑，他在一个陡坡上突然脚下一滑，腿部抽筋无法控制身体，从坡上翻落下来，滚了二十多米才停下来，当时就摔晕了过去。醒来后，他发现自己躺在地上，身上多处受伤。他心里十分着急，几次想要起来，无奈腿和腰都受了伤，疼痛得厉害，站不起来。他心急如焚，不禁大声呼救："有人吗？有人吗？快来帮帮我！"可是除了山谷里的回声，没有任何动静。这下可糟了，这里没有人烟，也没有别的同事来巡视，山里有一些比较大的肉食动物，如果到天黑还不能走出去，他就有很大危险。

时间在寂静中流淌，不知过了多久，杨周在恍惚中觉得有什么东西在靠近他，勉强支起身一看，啊，原来是那只黄鼠狼！没错，就是它。它可能就在附近，听到他的声音后跑来了。它乍一眼见他躺在地上，很痛苦的样子，不明白是怎么回事，所以远远地看着，十分好奇、警觉和疑惑。杨周见状，苦笑着对它说："你好，小伙伴！我今天摔伤不能动啦！可惜你太小帮不了我，不过能看到你我很高兴。"黄鼠狼似懂非懂，慢慢走近了一些。

突然，杨周听到一阵"沙沙"声，好像是蛇在爬行。他常年在山里行走，对这种声音十分敏感和警惕。他往身后看去，果然有一条黑黄相间的大蛇正爬过来。那是一条金环蛇，个头相当大，有剧毒。它好像就是冲他来的，如果被它咬到，那就死定了。如果他不受伤，还有办法对付或躲避一下，可是他现在身上有伤，行动不便。

眼看金环蛇离他越来越近，杨周紧张和恐惧到了极点。情急之下，他捡起一块石头扔过去。石头打中了金环蛇，但没能赶走它。金环蛇更加气势汹汹地爬过来，张着大嘴，吐着信子，恐怖异常。眼看离杨周只剩几米了。他心想：完了，我激怒了这个家伙，看来今天是死定了。

杨周毛骨悚然，紧闭上眼睛。可等了好一会儿，并没有

痛感。奇怪，难道毒蛇咬人是没有感觉的吗？他睁开眼睛观望，原来，金环蛇并没扑上来，是那只黄鼠狼挡在了它前面。那是临死前的幻觉吗？杨周不敢相信自己的眼睛，急忙揉了揉。千真万确，那只黄鼠狼关键时刻挺身而出救了他，他还活着。

遗憾的是，他刚才闭着眼，没看到黄鼠狼是怎么冲过来的。眼前的一切足以证明，黄鼠狼把他当成了自己的伙伴，不允许毒蛇伤害他。真没想到，这可爱的小家伙还有这么勇敢的一面。

可能黄鼠狼和金环蛇已经交过手，否则不会那么对峙着。金环蛇体长两米多，十分粗大，体重至少有三四千克，还有能使人和其他动物死亡的毒牙和毒液，威力可想而知。黄鼠狼体长只有半米，体重不超过两千克，明显处于劣势。但是黄鼠狼动作迅捷，反应机敏，据说还很胆大和凶猛，敢于攻击比自己大得多的动物，所以名字里才有一个“狼”字。刚才它一定攻击了金环蛇，让对手不敢小视自己。

金环蛇当然不会善罢甘休，再次发动攻击，闪电般地咬向黄鼠狼。金环蛇的速度太快了。杨周的心都提到了嗓子眼。但是黄鼠狼已有所防备，反应也相当快，迅速躲开了。金环蛇又猛扑了几次，始终不能得手，就停下来，虎视眈眈，却依然不肯退却。黄鼠狼想要赶走它，试探性地发起进攻，可还没靠近就差点被金环蛇咬到。金环蛇又向杨周这边爬来，随时可能攻击他。毒蛇把巢穴附近的地域视作自己的私家领地，严禁他人进入。它一定以为杨周不听警告，赖在这里不肯走。它当然怒不可遏了。

如果黄鼠狼不能赶走金环蛇，杨周又行走有困难的话，迟早会遭金环蛇攻击。若黄鼠狼为了急于赶走金环蛇而乱了方寸的话，也可能被金环蛇咬中。现在杨周和黄鼠狼的处境都十分危险。

杨周恨自己不能动弹，帮不上黄鼠狼什么忙。他希望黄鼠狼赶快离开，留下恐怕也是白白送命。但是黄鼠狼并没有要走的意思，它显然不想把杨周一个人留在这里。杨周感慨万千，心想：动物对人类的报答、感恩和忠诚之心，不亚于人类。

又对峙了一会儿，黄鼠狼改变策略，斜着身子靠近金环蛇，还把蓬松的尾巴抬起来，晃来晃去。金环蛇被激怒了，猛地咬向黄鼠狼。杨周眼前一花，感觉黄鼠狼没能躲开，被咬中了。完了，黄鼠狼体形那么小，被注入剧毒后，瞬间就会丧命。黄鼠狼猛地一蹿，摆脱了金环蛇。杨周想：它跑不了几步。

可是过了一会儿，黄鼠狼并没有倒下，再次斜着身子逼近金环蛇，同时翘起大尾巴。杨周看呆了，黄鼠狼这是百毒不侵？

观察了一会儿，杨周才明白过来。刚才金环蛇并没有咬到黄鼠狼的身体，只是咬到了它大尾巴的蓬松长毛。黄鼠狼翘着尾巴晃呀晃，就是为了吸引金环蛇的注意，金环蛇拽住那个尾巴后，会立即注射大量毒液，但伤不到黄鼠狼。

“简直绝了！我的好兄弟，你真是太聪明了！”杨周激动得大声叫起来。

金环蛇再次咬向黄鼠狼，咬中的仍是大尾巴的长毛，又白白浪费了它的毒液。反复几次后，金环蛇也察觉出异样，但是等它明白过来已经晚了，因为它已经消耗大量毒液。毒液是毒蛇的“精气神”，毒液一旦枯竭，它也就蔫了。

黄鼠狼又一次诱使金环蛇咬住自己的尾巴，不过这次它没挣脱，而是趁机咬住了金环蛇的身子。金环蛇疼得张嘴咬向黄鼠狼，黄鼠狼已经不再怕它，反而迎着它，一下子咬住了它的脖子，很快就让威风尽失的金环蛇毙命了。

太好了，脱险了！黄鼠狼兄弟，你创造了奇迹呀！杨周狂喜不已，没想到自己能死里逃生，一高兴竟然站了起来，感觉身上的伤势也减轻了不少。

黄鼠狼则在那里吃起蛇肉来，据说金环蛇的肉相当鲜美。吃饱后，黄鼠狼对着杨周叫了几声，仍不离去。杨周感激地和它说着话，甭提多高兴了。天色不早，不能在此逗

留。他咬紧牙关挪动身体，坚持着下了山。黄鼠狼跟了他好一会儿才离去。

杨周为自己能有这么一个勇敢、聪明的好伙伴而庆幸。他决心救助更多的动物，让身处的这片山林更加和谐、美丽，充满生机和奇迹。

动物观察笔记

被视为魔鬼的猞猁

别名 | 猞猁狲、马猞猁、山猫

种类 | 哺乳纲食肉目猫科

体长 | 80—130厘米

体重 | 15—30千克

分布区域 | 北温带寒冷地区

◎出没地带

从亚寒带针叶林、寒温带针阔混交林至高寒草甸、高寒草原、高寒灌丛草原及高寒荒漠与半荒漠等

◎最喜欢的食物

雪兔等各种野兔，还有松鼠、野鼠、旅鼠、旱獭和雷鸟、鹌鹑、野鸽等

◎保护级别

国家二级保护动物

❶ 戴着面具的“撒旦”

猞猁体型略小于狮、虎、豹等大型猛兽，但比猫类大得多，最引人注目的是两只直立的耳朵尖上都生长着一撮黑色毛，很像戏曲中武将头盔上的翎子。就因为这古怪的模样，在中世纪以后的一段时间里，猞猁在欧洲被当作害兽。人们把它当成魔鬼“撒旦”的象征而广泛捕杀。这些胆小的动物为了躲避人类的各种陷阱、下毒等，纷纷躲到更高的山和更深的密林中。

❷ 孤独的夜间猎手

猞猁是一个离群独居、无固定住所、孤身活跃在广阔空间的夜间猎手。它既可以在数公顷的地域里孤身蛰居几天不动，白天躺在岩石上晒太阳，或者静静地躲在大树下避风雨，也可以连续跑出十几千米而不停歇。它的忍耐性极好，常借助草丛、灌丛、石头、大树等作为掩体，埋伏在猎物经常出没的地方，两眼警惕地注视着四周的动静，就这样静静地卧上几个昼夜，待猎物走近时，出其不意地冲出去将其捕获，享受一顿“美餐”。

第五章

奇兽扭角羚

扫码即可
声临其境

那年5月，我到陕西省佛坪县采风。几天来，我接连跑了十几个村子，深入民间，获取了大量原始信息。进入秦岭深处，没法使用交通工具，我一路徒步前行，终于到了板房子村。

经村干部介绍，我住到了范增山老汉家里。他60多岁，身板硬朗，性格开朗，非常健谈。他给我讲了很多当地的传说故事，并且告诉我，在道佐村有一位百岁老人，会讲几百个故事，还会用方言唱“老戏”。我激动不已，立即决定去拜访他。范老汉告诉我，道佐村在山上，要翻越崇山峻岭，根本没有像样的路。但我决心已定，非去不可。范老汉说：“那你就骑我的金毛去吧！”

“金毛是什么？”我问。

“它是我养的羚牛，名字叫金毛。走，带你看看去！”范老汉兴奋地说。我们来到后院，只见一个奇怪的动物在那里吃草。它既像绵羊又像牛，身长两米多，高1.5米以上，体重不下六七百斤，披着金黄色的长毛，非常威武，绝非寻常家畜可比。它头上的角也很特殊，从角的基部向外翻转而向后，角尖向内，呈扭曲状，所以又叫扭角羚。

“它就是金毛。你看它壮得像头牛，所以叫羚牛，它也是国家级保护动物。”范老汉自豪地说。

“这么珍贵？是野生的吗？你是怎么得到的？”我既惊奇又疑惑。

“放心，我可不盗猎。几年前，我上山砍柴，在草丛里发现了它。那时候它刚出生，身上还是湿的。它的妈妈可能遇到敌害，不得已逃走了。我看它的样子很可怜，就把它抱回家里，正好家里的母山羊刚生了小羊，我就把它和小山羊放在一起喂奶。还好母山羊接纳了它，就这样它活了下来，长得还挺壮实。等大一些后，我就给它吃肥美的青草。它是我从小养到大的，跟我可亲了。它成年后，我想毕竟是野生动物，就让它回到大自然吧！可好几次把它带到山上，它又跟着我回来了。动物保护站的工作人员也知道这事，同意我继续养着。我不限制它的自由，经常让它到山上跑。它腿力惊人，本领可大了，能跨越各种险峰绝壁。”

“太不可思议了。范老汉，你是个好人，是保护野生动物的模范。”我由衷地夸赞道。

在范老汉的“引荐”下，我慢慢与金毛接近，互相很快熟悉起来。它很温顺，一点也不反感做我的坐骑。它四肢粗短健壮，驮着体形瘦小的我毫不费力。我心里乐开了花，有了这么好的坐骑，再远的山路也不在话下了。我担心不认识去道佐村的路。范老汉告诉我，金毛去过几次，它能认路，不会走错的。

第二天，范老汉把我送出很远，我骑着金毛踏上了去道佐村的路。金毛的四足不仅强健，并且异乎寻常得灵巧，不论走多么崎岖、陡峭的山路都十分轻松。

翻过一座山后，渐渐下到一条峡谷。正走着，金毛突然停下，发出一声惊叫。我忙向四周看，什么也没发现，但金毛仍叫个不停。又过了一会儿，我终于看到前方的灌木丛附近有几只像狗一样的动物，身上长着斑块。看出来了，那是斑狗。听一位研究野生动物的朋友说过，那是生活在秦岭的一种犬科动物，集群活动，非常凶猛。几只斑狗观察了我们一阵，便分散队形向我们这边逼近。我隐约感到情况不妙，机警的金毛也明白了什么，奋力向前狂奔。

我耳边呼呼风响，偷眼往后看，有几只斑狗正飞快地在后面追逐，它们张着嘴，红红的舌头和白森森的牙齿清晰可见。我惊骇不已，想不到会发生这样的事。范老汉说，沿途

没什么伤人的猛兽出没，看来凡事都有意外呀！金毛虽然跑得很快，但毕竟驮着我，不一会儿，斑狗已经追到我们的身后。我知道斑狗最擅长的就是袭击食草动物的肛门，能够一下子把对手的肠子给拉出来。如果那样，金毛将必死无疑，我也在劫难逃了。

眼看斑狗和我们的距离越来越近，我的脊背直冒冷汗，不知如何是好。突然我的身子猛地一晃，天旋地转一般，原来，金毛来了个 180° 大转弯，这可是个高难度动作。几只斑狗没收住脚步，顺势一跃而起，猛扑上来。

金毛一扭脖子，那硕大尖利的角正好打在领头的那只斑狗的胸部，把它甩出几米远。我看得眼花缭乱，正想为金毛叫好，转瞬间，另一只斑狗蹿上来，一口咬住了金毛的脖子。金毛呻吟了一声，奋力摆动头上的角把它甩开，但鲜血从金毛的脖子上流了下来。金毛受伤了，我既惊慌又心痛。

这时，另外两只斑狗从两个不同的方向猛扑上来。金毛没有退缩，四足腾跃，用头上的角竭力招架。我骑在它背上，好几次差点摔下去。我只能尽力坐稳，用力挥舞着手中的一根木棒，保护自己，同时也为金毛分担一下。

应该说，斑狗确实是极其凶猛的，令人胆寒，但它们可能低估了这头羚牛的顽强和勇猛。金毛毫不畏惧，猛烈还击，竟然让几只斑狗都挂了彩，有一只还伤得相当重，已经奄奄一息。斑狗很狡猾，知道取胜已经不可能，为了保存实力，迅速退了下去。

我松了一口气，金毛叫了几声，又向前跑了一阵才停下来。我见斑狗已经不见踪影，急忙跳下来，察看金毛的伤情。金毛身上有几处伤口，有的还在流血。我心疼极了，急忙把范老汉给的草药为金毛涂上，果然效果很好，血立刻止住了。幸好只是受了些皮外伤，未伤及筋骨，我放心了些。

我不忍心再骑金毛，就跟在它后面一起往前走。山路的崎岖、陡峭超出了我的想象，金毛还是显得很轻松，我却要手脚并用了。正当我满头大汗地往山上爬时，突然金毛又发出了报警声。我疑惑不解，前面什么也没有。这时，金毛转过身直往后退。我一转头，差点魂飞魄散——有几十只斑狗已经追上来，比刚才的阵势大多了，真恐怖！原来，斑狗群体意识极强，刚才那几只只是侦察的，它们吃了亏，立刻回大本营报告去了。它们集结在一起，闻着我们留下的气味，一路追上来了。

刚才走得太慢了，要想摆脱追兵，必须火速前进。我吆喝了一声，让金毛快跑，自己也拼命向前爬，但只爬了十几米，腿就不听使唤了，被绊了一跤，磕得膝盖生疼，手也被刮破了。我趴在地上，只剩喘气的份儿，我想自己这回完了。

正在神思恍惚间，猛觉得头顶被拱了一下，并传来“咩咩”的叫声，是金毛的声音。我忙抬头，原来跑在前面的金毛竟然回来了，正急切地呼唤我，示意我赶紧起来跑。我勉强挤出一丝微笑，说：“好伙伴，我太累了，走不动了。你快些逃命去吧。”

但是金毛并没有走，反而叫得更急了，声音甚至有些恼怒和粗野。我坐起来，发现斑狗群已经离得很近，金毛非常着急，看样子我不动它是绝对不会走的。金毛给了我莫大的力量，我不能这么轻易放弃。我站起身骑到金毛身上，刚坐稳，它就向前猛跑起来。

金毛的脚下功夫发挥得淋漓尽致，它专往陡峭的山坡上跑，竟然如履平地，渐渐地把斑狗群甩远了。我非常高兴，能够死里逃生了。

我刚放松心情，庆幸终于摆脱斑狗的追逐，忽觉金毛脚步骤然放慢，并发出了惊叫。我往前看，吓得差点从它身上掉下去。原来，前面又有十几只斑狗向我们冲过来，我们遭到了前后夹击！听说过斑狗善于协同作战，这下算是彻底领教了。它们居然兵分两路，对我们来了个前后包抄。

死神又逼近了我和金毛。金毛呼呼地喘着粗气，它前后观望了一下，奋力向右侧的山梁跑去。也只有这样了，总不能原地等死呀！我紧张地张望，发现两路斑狗已分散开包抄上来。金毛能不能把这一大群斑狗彻底甩开呢？经历了前面的各种情形后，我对它有了足够的信心，坚信我们一定能够脱险。

金毛真是好样的，在乱石草丛间跳跃，几乎没有减速。我紧紧抓住它颈部的毛，以防掉下去。眼看胜利在望，但金毛又突然放慢了速度，显得焦躁不安。我预感不妙，难道前面又有一群斑狗？要真是那样，我们就差不多被斑狗包围了。

我快速向前方眺望了一眼，并没有发现斑狗群。待金毛又向前跑了几步，总算看清了，原来是山梁尽头豁然出现一条大峡沟。虽然不是很宽，但估计金毛是无法越过去的。身处绝境的我们彻底呆住了，前有上百米深的峡沟，后有穷凶极恶的斑狗群。

我轻轻抚摸着金毛的头和面颊，喃喃低语，不去想接下来会发生什么。

近了，越来越近了，斑狗的叫声都能听见了。金毛退后了十几步，突然发力奔跑，竟驮着我纵身向峡沟跃去。金毛竟然选择了这样的方式抗衡对手，我很惊诧，但并不意外，这总比活活被斑狗吃掉强。既然这样，就让我来一次最大胆、最浪漫的飞翔吧！

金毛控制身体平衡的能力非常强，一直没改变姿势。下降了十几米后，由于向前的惯性已经要撞到峡沟对面的崖壁了，金毛在崖壁突起的岩石上一踩，腿部一用力，飘然转体，向回跳跃，扑向这一侧的崖壁。金毛这不是绝望的自杀，而是勇敢地向死亡挑战！我无法描述当时的感受，但我知道，金毛在用整个身心控制着向下落的节奏。它胸有成竹，竭力从两侧崖壁寻找支点，不断向下跃去，这无疑是难度极高又充满智慧的组合动作。

趴在金毛身上，除了耳边的风声，我也听到了金毛的长嘶。我的心随着它又完成了一次触击，腾跃。在完成了又一次的用力转体后，我们离沟底已经非常近，胜利在望。但对面的崖壁十分光滑，没有可以蹬触的凸起，金毛只好一晃身子，在崖壁上踩了一下，就向下坠去。坠落的速度很快，终于猛地撞到了地面，我感觉金毛一下子卧倒了，我从金毛背上翻滚下去，脑子一片空白，昏了过去。

不知过了多久，我被唤醒了。睁眼一看，身边有几个陌生人。原来，他们是科考队员，正在峡沟底部探寻观测，刚才看见一只羚牛从崖顶飞跃而下都惊呆了。当看到羚牛背上还有一个人，他们更是诧异不已。

我大声问："金毛在哪里？它在哪里？"

"你是说那头扭角羚吧，在旁边，它还活着，但伤得不轻。"我顺着他们的指引来到金毛的身边。它睁着眼睛趴在地上，已经站不起来，腿上、脚上血迹斑斑。我一把搂住它，泪如雨下，说道："金毛，是你救了我！我们终于逃脱了斑狗群的围追堵截！"

我能感觉到科考队员疑惑的目光，于是向他们讲述了之前发生的事情。他们静静地围着我，越听越好奇。说完金毛的故事，我作为当事人也觉得像在做梦。科考队员决定对当地的野生动物进行更深入的研究。

科考队员治好了金毛的伤，它终于能走了。出了这么大的事，我决定暂时放弃去道佐村的行程。我和金毛在科考队员的陪同下，返回了范老汉家。

此行令我终生难忘，也让我对动物有了全新的认识。以前也懂得善待动物，保护动物，却无形中把它们当成了受保护的弱者。有了这次死里逃生的经历，我明白了像金毛这样的动物也可以成为保护人类的强者，人类应该与动物友好共处，地球家园才会更加和谐与美好！

动物观察笔记

谁都不像的扭角羚

别名 | 扭羚牛、牛羚、金毛扭角羚

种属 | 哺乳纲偶蹄目牛科

体长 | 180—200厘米

体重 | 250—300千克

分布区域 | 中国西南、西北及尼泊尔、不丹、印度、缅甸

◎出没地带

2500米以上的高山森林、草甸地带

◎最喜欢的食物

灌木、幼树、嫩草以及一些高大乔木的树皮

◎保护级别

濒危物种，国家一级保护动物

❶ 吼声里的秘密

扭角羚常用低沉的吼声来传递位置信息，召集同伴，报告采食地。母头牛在采食过程中不时地从喉部发出低而深沉的吼声，让群体中的其他扭角羚向它活动的方向移动。如果母头牛来到陡峭处见不利于迁移采食而改变移动方向后，其低沉的吼声会引起近邻的几只扭角羚紧随其后改变走向，稍远处的其他扭角羚听到吼声也不再往前，而是转向声源方向行走采食。

❷ 奇兽“六不像”

“六不像”指的是传说中生活在秦岭深山中的怪兽金毛扭角羚，也叫羚牛，是极难得的大型稀有珍贵动物，为我国所独有。由于它长相奇特，庞大隆起的背脊像棕熊，两条倾斜的后腿像非洲的斑鬣狗，四肢短粗像家牛，绷紧的脸部像驼鹿，宽而扁的尾像山羊，两只角长得像角马，因此得名“六不像”。

❸ 忧郁的“独行客”

夏季是扭角羚的发情期，为了争夺配偶，强壮的雄牛间会展开殊死的角斗，失败者往往会“愤”而离群出走，成为独牛。这些看似忧郁的“独行客”，往往性情暴躁，极易伤人。当遇到独来独往的扭角羚时，要特别小心，及时避让。

第六章

水鹿与金丝猴的绝恋

扫码即可
声临其境

很多年轻人喜欢到野外徒步探险，我对此是支持的，但出发前要做好充分的准备，不要盲目行动。野外难免有危险，要尽力控制在能承受的范围内。大学毕业后的那几年，我和女友彦欣迷上了户外旅行探险，每年都要找机会出去转一圈，亲近自然，了解民俗民情。

那年的8月，我们利用假期到川贵交界处的大娄山游玩，那里的杉树林是全国有名的。

大娄山是仡佬族聚居区，自然景观十分完整而独特。8月11日，我们带足食品和野营用具，从容地进了大山。在林间穿行，神清气爽，烦恼都忘得一干二净。不知不觉间，天色已近黄昏。

我俩嬉笑着，选了几棵合适的杉树准备挂起吊床。突然，前面有两个影子跑过来，看样子不像人。我们有些紧张，毕竟赤手空拳，万一碰上野兽是难以对付的。离近了才看清是两头水鹿，它们被列为国家二级保护动物，十分少见。一头较大，长两米多，肩高一米二三，体形壮硕，长着三叉长角，棕色皮毛。另一头与它相仿，只是个头小一些，没有角，看来这是雌雄一对儿。它们应该是已奔跑很长时间，汗水浸透了肚毛往下淌。

两头水鹿见了我们，立刻朝旁边的乱石堆里躲，不料，那头较小的雌鹿刚跑了几步，竟“扑通”一声跌倒在地，再也爬不起来。雄鹿焦急地用嘴拱它，“呦呦”直叫，但雌鹿怎么也站不起来。

我俩好奇地靠过去，仔细打量。我很快明白，这两头水鹿正遭受追杀，雌鹿坚持不住了，雄鹿在给它打气。两头鹿低鸣声声，情形甚是亲密、凄楚。彦欣动了恻隐之心，便上前想帮雌鹿一把。可她还没靠近雌鹿，雄鹿便气冲冲地用尖角向她顶过来，还以为她要伤害雌鹿呢。她惊叫一声，赶紧退后。

我早有防备，抬腿一个利索的侧踹，碰到了雄鹿的鼻子，它已相当疲劳，不堪一击，栽倒在地。

不管怎么说，我们是要帮助这对水鹿的。它们很漂亮，也很可爱，是国家保护的野生动物。这是毋庸置疑的事情。天已完全黑了，我捡来一大堆干松枝，燃起了篝火。彦欣打来一盆水，小心地放在雌鹿嘴边。它实在是饥渴难耐，大口大口地喝起来。雄鹿勉强站起来，仍像护花使者般守护着爱侣，显然，它已没有了刚才的敌意。

我们正在吃面包和香肠，突然发现黑漆漆的森林中闪起一片绿光，彦欣被这奇特景象吸引住，怔怔地望着。仿佛一群幽灵正朝这里跑来，虽然距离已很近，却仍听不到任何动静，那情形真是诡异至极。近年来，随着国家各项保护动植物措施的落实，大娄山的动物又多起来。当地老乡曾告诫我们，山里的豺又成了群，一定要防备。当时我俩并不在乎，巴不得碰见呢！因为从没见过它们的真面目。这一下来了这么多动物，我们可傻了眼。这是不是豺呢？

那群家伙显得很有组织纪律，迅速分散开包抄过来。我俩眼睁睁地看着它们把我们围在了中间，想夺路而逃根本不可能。雌鹿惊恐万状，身子瑟瑟发抖，雄鹿护在它身边，也十分地紧张。

我仔细打量，发现那些动物比狗略小，三角脸，毛色发花，模样很怪，有点像狐狸。联想老乡的描述，断定它们就是豺了，一种比较少见的犬科动物。它们专门在夜间出没，狡黠凶猛，经常成群结队捕杀草食动物，甚至袭击走夜路的人。夜幕一降临，它们就变得非常活跃。近年来，虎、豹、狼、熊这些较大的猛兽几乎绝迹，豺却因为少了天敌和竞争对手而发展壮大起来。

豺见自己的猎物跑不动了，不由自主地往里冲，雄鹿也做出了要拼命的架势。但前面的豺很快止住脚步。看得出它们是很怕火的，如果没有这堆熊熊的篝火，估计它们会毫不客气地发起攻击。

我和彦欣吓得紧紧依偎在一起，不知如何是好。今天发生的事情太富有戏剧性了。那些豺一个个肚皮干瘪，也都很疲倦，它们紧紧追踪两头水鹿很久了，决不会轻易放弃眼前的猎物。

豺吐着舌头，坐在地上歇了好一会儿，饥饿终于使它们渐渐失去耐性。听老乡说野兽最怕火药味，可我们没有猎枪。经过一阵对峙，豺已嗅出我们的弱点。

一条大豺眯着眼，避开火光的刺激向里面冲来。在离火堆两米远处，它直起了身子，前爪向前探出，模样贪婪又可笑。我手疾眼快，从火堆中抽出一根燃烧着的长松木棒，向它迎头捅去。正捅在它的眼眶上，它嚎叫着退了回去。

又有几条豺跃跃欲试，被我如法炮制而击退。烫伤还在其次，真正让它们畏惧的是那散发光和热、充满魔力的火苗。我很清楚这一点，科学地利用着有限的干柴，维持着篝火的旺度。

群豺不敢再冒进，可是那堆火不可能永远地燃烧下去。

尽管我精打细算，费尽心思，它仍不可逆转地慢慢黯淡了。干柴变得无比珍贵，外面有许多，但不属于我们。也许今晚在劫难逃。

时间不肯为我们放慢一点点，篝火已难以维系，我不得不把两件外衣扔了上去。火一下子旺了起来，但这些物件烧不了多久。

我在学校时是体育健将，还学过一些拳脚，现在这个关键时刻该用一用了。我搂着彦欣说：“你在这里别动，我去把它们全打趴下。并不比狗大呢！没什么！”

“你千万别去!”彦欣紧紧抱住了我,“它们是一大群,你会吃亏的!”

“那也不能坐以待毙呀！我去试试!”

我挣脱彦欣,活动了一下腿脚,手持木棒猛冲出去。我朝豺乱打,但这些家伙很灵活,像影子一样飘开了,根本打不着。我心想:看来它们也是欺软怕硬的,全都赶跑得了。不料,小腿肚子突然一阵剧痛,我险些跌倒在地。原来一条豺从后面袭击过来。我用力挣脱,回头举棒猛打,才把它赶开。其余的豺又争先恐后扑上来,有的跃起一米多高,显得极其凶悍。

我根本不是对手,一旦倒地就完了,只得挥棒乱舞,大吼着虚张声势。彦欣把外衣点着,朝豺群扔去,才把它们吓跑。我总算退了回来,身上多了几个伤口。彦欣马上为我包扎伤口。

突然,那头雄鹿叫了几声,用嘴拱着雌鹿。雌鹿变得极其不安,急切地低吟起来。接着雄鹿向外走去,雌鹿不顾一切地想站起来,却始终没成功。雄鹿长啸一声,紧跑几步,竟然飞一般从豺群上跃了过去！我想:莫非雄鹿仗着自己腿力超群,要独自逃命了?

几条豺大喜,立即向雄鹿追过去。但多数的豺仍围在火堆旁,它们似乎明白,大头儿还在这边呢！雄鹿跑出两百多米后，又兜了一个很大的圈子，从另一个方向接近火堆。后面的豺已形成半个包围圈，火堆边的豺见势，终于按捺不住，一齐包抄过去。

雄鹿临危不惧，不断做出高难度的动作，时而腾跃如飞，时而戛然而止，令群豺难以得逞，却被吊得胃口大开，垂涎三尺。雄鹿一边与群豺周旋，一边向远处转移，群豺都随它而去了。

原来，雄鹿是为了把群豺引开。我和彦欣忙趁机拖来不远处的几株枯树，把火烧得旺旺的。雌鹿使劲摇晃着身子，不住地嘶叫，向远方眺望。

看来雄鹿是豁出去了，全力拼搏，也许能够应付群豺。希望它能把豺拖得晕头转向、精疲力竭，然后胜利返回。我和彦欣发自内心地祈祷着，度过了难熬的一

夜。天快亮时，雌鹿的身体逐渐恢复，已经可以站起来，我和彦欣很欣慰。突然，它发出一声撕心裂肺的哀鸣，向昨晚雄鹿离开的方向跑去。

我和彦欣面面相觑，强烈的好奇心驱使我们顺着雌鹿的足迹跟踪过去。现在天已大亮，不用担心豺了。我们一口气走出去十来千米路。快11点了，才远远地看见前面倒着一副骨架和一具尸体，地上有一片紫红的血迹。

走近了一看，场面真是惨不忍睹。尸体是那头雌鹿，血迹斑斑。再看那副骨架和残留的皮毛，应该就是那头雄鹿。它狂奔十几千米后，终因体力耗尽，被群豺撵上咬死分食。太惨烈了！估计豺群为追它也很累，加之天已大亮，便没再杀回去。

雌鹿显然不是被豺咬死的，否则不可能留下全尸。它身上没有咬伤，只是头盖骨破裂。“它是怎么死的？”我迷惑不解，抬头看看眼前的一块巨石说，“它可能是从上面掉下来摔死的。”

“不对，摔死应该全身有伤，可它只伤在头部。再说，它没事爬到石头上干什么？”彦欣反驳道。

“那可真是奇怪。”我说。

“依我看，它是为情而死。雄鹿为救它而死，它悲伤至极，于是一头撞死在这石壁上了。失去了伴侣，它根本无法再活下去。”彦欣幽幽地说。我沉思片刻，未置可否。这的确有些不可思议，难道动物也会殉情？

“我见一本书上讲过，水鹿如同水中的鸳鸯，是一雄一雌终生长相厮守的。这对水鹿相伴已久，所以才会有这么忠贞不渝的爱情，才会发生这么动人的故事。”彦欣含着泪说。

“我相信你说的是对的。它们的故事太感人了。而且这头雄鹿也救了我们，我们不能让它们暴尸荒野，把它们合葬了吧！让它们永不分开！”我说道。

于是，我们用刀和木棒在湿地上挖起来。两个小时后，一个大坑挖好了，我们把两头水鹿都放进去，盖上一些草，掩埋了。

彦欣还精心堆了一个圆圆的小坟，在上面撒了许多草籽。相信若干年后，我们故地重游，这上面一定会开满鲜艳而美丽的小花。

我们又回到了居住的城市，我的工作也越来越忙。那年10月，为了给电视台拍摄一部关于川金丝猴的短片，我只身前往湖北神农架林区。神农架位于湖北省西北部，森林覆盖率达90%以上，有各种植物3700多种，动物约1060种，是名副其实的物种基因库、天然动物园。那里生活着很多川金丝猴。

我带了足够的野营用品和摄影器材，驱车沿盘山公路行驶了一天，到达海拔2200多米的地方。我在一个林场驻扎下来，准备第二天进深山观察。据工人师傅介绍，附近的原始森林里可能就有川金丝猴。

我的野外探险经验比较丰富，尽量选择在视野开阔的山脊上行进，边走边用望远镜观察。离开林场约5千米处，

我从望远镜里隐约看到，在高大的树上有几个动物的影子，看毛皮很像川金丝猴。我惊喜万分，没想到这么快就找到了。我连摄像机也没带，只带了望远镜。

通过仔细观察，我确信那就是川金丝猴，可是只有两只，不是很大一群。川金丝猴群雌多雄少，一个族群里只有一个猴王，猴王占有所有雌猴，其余的雄猴地位低下。但也不排除有些雄猴带着雌猴脱离族群，比如我此刻看到的情形。我觉得这两只川金丝猴与众不同，也许很有研究价值，决定好好观察它们一番。

一般情况下，生活在大群里的猴子是比较安全的，它们可以相互协作，轮流站岗放哨，食物来源也丰富。这两只川金丝猴没有实力和猴群抗争，只能在夹缝中求生存，在茂密的树林边缘活动。因为刚刚被猴群“光顾”过，海棠、山楂、板栗、猕猴桃、拐枣等各种树上的果实都很少了。它俩找了一会儿，慢慢来到树下的空地上，去捡那些被猴群扔掉或从

树上掉落的果实，它们只能吃这些了。

这两只川金丝猴一到地上，没了繁茂枝叶的遮挡，我便看清了它们。它们体型有差异，应该是一雄一雌。它们长相奇特，鼻孔向上翻，厚嘴唇，面部呈蓝色，没有颊囊。头顶正中有一片向后长的黑褐色毛冠，整个后背和前肢上部都披着金黄色长毛，细亮如丝。我很兴奋，真遗憾不能拍摄下来。

地上还是有一些果实的，它俩高兴地吃着，不时发出特有的婴儿似的叫声，而且很亲热。这是我没有料到的。它俩的感情真好呀！

我看得出了神。我有伪装，不用担心被发现。应该说，猴子是非常接近人类的，比如它们的“手”很灵活，能完成复杂的动作；它们还经常直立着走几步。

突然，一道黑影疾速进入我的视野，冲向两只川金丝猴。我以为是幻觉，定睛细看，是一只大鸟。两只川金丝猴吓得尖叫起来，想转身上树，已经来不及了。翼展长达两米的大鸟伸出爪子去抓其中一只川金丝猴，显得势不可当。那只金丝猴完全没有还手的能力。

不料，另一只川金丝猴却猛地扑到同伴身上。大鸟用爪子紧紧抓住了那只川金丝猴的背部。

川金丝猴不想束手就擒，拼命反抗，但是大鸟不给它机会，猛烈地扇动翅膀飞了起来。被抓的川金丝猴身体悬空，后背受制，四肢都使不上劲。地上的川金丝猴也够不着上面，无能为力。好厉害、狡猾的大鸟，这一招够绝的！

我看出那是一只凶猛的乌雕，羽毛暗褐色，带有金属光泽。乌雕经常捕食小型动物，力大无比，能够把猎物抓到空中，扔下来摔死摔烂，然后慢慢享用。这只可怜的金丝猴落入雕爪，看来是在劫难逃了。我的心中十分悲伤，多么好的动物情侣，没想到天降横祸！

乌雕越飞越高，至少有20米了。它好像知道川金丝猴是相对抗摔的动物，还在继续升高。被抓的川金丝猴是只雄猴，它无奈之下已经放弃反抗，因为反抗没有意义。我刚才清楚地看到，它是为保护伴侣才被抓的，如此重情重意，令人惊叹。

30多米了，从这个高度摔下必死无疑。我咬紧了牙关，想去帮助川金丝猴，可是又无能为力。我即使能吓唬乌雕一下，但它一松爪，雄川金丝猴也难逃此劫。

终于，残忍的乌雕松开了爪子，雄川金丝猴从高空中快速坠落。它几秒钟后就会被摔得七窍流血。我悲愤地举拳猛击地面！

再往地上看，我大吃一惊，原来，地上的雌川金丝猴并没有逃走，反而一直仰望天空，跟着乌雕在追，它的眼睛不

曾离开自己的伴侣。此刻，它正在乌雕的正下方，后腿站起，伸开前肢，似乎要托住即将落地的伴侣。它太傻了，这能托住吗？自己也可能被活活砸死。

瞬间，坠落的雄猴砸在雌猴的怀里，雌猴没有丝毫犹豫、躲闪或退缩，用最特殊的方式紧紧拥抱了伴侣。它们好像一下子融为一体。可以肯定，下面的川金丝猴必死无疑，上面的也够呛，不过应该得到了相当大的缓冲和保护。

这一幕令人难以置信，却真切地发生了。作为目击者，我惊得嘴巴张大，久久无法闭合。即使身边有人，我也无以言表。

两只川金丝猴挣扎了一番，都不动了。

空中的乌雕自然把这一切看在眼里，看起来很兴奋，一下子获得了两只猎物，够吃几天了。它可能很饥饿，很快俯冲下来，扑向两只川金丝猴。

我想阻止它，可又一想，这就是大自然的规律，再说川金丝猴已经死了，我阻止又有什么用？还有一点很重要，乌雕体形大且凶残，如果发怒攻击，我也不是它的对手，只能老实待着。

乌雕判断两只川金丝猴都死了，便落在它们身边，收拢翅膀，显得比空中小多了，体长七八十厘米的样子。它迫不及待地啄了川金丝猴一下，撕下一片肉开始大吃起来。

我只能对这两只川金丝猴表示无限惋惜了。

但出乎意料的一幕骤然上演——躺着的另一只川金丝猴猛然跳起来，伸出爪子死死抓住乌雕的脖子。乌雕大惊，奋力反击，可惜这不是在空中，它的威力发挥不出来。最主要的是，川金丝猴的攻击太突然了，乌雕完全没有防备，致命的部位被掐住了。

这是刚才被抓到空中的那只雄猴，因为伴侣用身体阻挡，缓解了落到地面的冲击力，再加上猴子本身抗摔能力强，所以奇迹般获生，没受重伤。它知道乌雕的厉害，没有逃跑，想跑也跑不了，所以干脆装死。

乌雕果然上当，得意忘形，光想着吃大餐，最后栽了个天大的跟头。复仇的火焰在这只雄川金丝猴心中熊熊燃烧，不管乌雕怎样拼死反抗，爪子乱抓，它始终没有丝毫放松，很快把乌雕彻底制服，几乎把它的头给拧下来。

雄猴战胜了天敌，取得了不可思议的胜利。它为自己赢得了生命，也为伴侣报了仇。它把乌雕的尸体推到一旁，开始呼唤爱侣，可惜无论它怎样呼唤，雌猴也没能动一下。它的声音越来越悲伤，像哭泣一样。我听了心如刀割。不知川金丝猴懂不懂得死亡的意义，我宁愿它们不懂，就当是伴侣睡着了吧，在未来的某一天可能还会醒来。

雄猴可能真的以为伴侣睡着了，默默守在一旁。它身上多处被抓伤，但似乎不曾感到疼痛。一阵风吹过，吹动了雌金丝猴的毛。它以为伴侣醒了，再次兴奋地抱住呼唤，最后又失望地呜咽起来。

我的泪水不知不觉流下来，不忍再看，悄悄走开了。我知道，雄猴还会守候一段时间，直到确认伴侣永远“睡着”才会放弃。

我更希望那只幸存的川金丝猴能够好好活下去，它是不幸的，也是幸运的。它很勇敢，一定能在这广袤的森林中有一席立足之地。

动物的感情有可能比人类更加真挚和强烈，因为它们生活在纯粹的大自然中，不受纷繁、复杂的世事干扰。

动物观察笔记

凶猛胆大的豺

别名 | 印度野犬、亚洲野犬

种属 | 哺乳纲食肉目犬科

体长 | 85—130厘米

体重 | 15—32千克

分布区域 | 整个北亚、南亚及东南亚大陆

◎出没地带

热带森林、丛林、丘陵、山地和海拔2500—3500米的亚高山林地、高山草甸、高山裸岩等

◎最喜欢的食物

羚牛、鬣羚、斑羚和毛冠鹿等

◎保护级别

濒危物种，国家二级保护动物

❶ 成群结队的“恶魔”

豺比狼小，听觉和嗅觉极发达，凶猛胆大，行动快速而诡秘。豺以群体围捕的方式猎食，多由较为强壮而狡猾的“头领”带领一个或几个家族聚集成群，捕猎的时候能发出召集性的嚎叫声，凡与之遭遇的大小动物无不畏惧。

❷ 凶残的吞食者

善于跳跃，原地可跳到3米多远，借助于快跑，能跃过5—6米宽的沟堑，跳过3—3.5米高的岩壁、矮墙等。它们的爪和牙锐利无比，一群豺一般先把猎物团团围住，前后左右一齐进攻，抓瞎对方的眼睛，咬掉耳鼻、嘴唇，撕开皮肤；或者直接对准猎物的肛门发动进攻，连抓带咬，用不了多久就将猎物瓜分得一干二净。

第七章

水中的神奇故事

扫码即可
声临其境

许小力是豫西冠云山里的一个普通农家少年，虽然家境不如大城市的孩子富裕，但过得很快乐。他的家乡在茫茫大山之中，交通虽不便利，但是景色优美，满眼都是郁郁葱葱的森林。村子附近的河水清澈见底，空气特别清新。他上小学三年级，上学要走山路，虽然比较辛苦，但锻炼得十分壮实。放假时，他就跟村里的小伙伴进山游玩，打猪草，捡柴火，有时还能采到蘑菇，做成美味的食物。尽管他很向往外面的世界，却仍觉得自己的家乡也挺好。

老师教育他们要热爱大自然，不要破坏森林，尤其不要伤害动物。许小力都牢牢记在心里，从不捕捉森林里的小动物。比如经常能见到的青蛙、麻雀、乌龟、刺猬等，他都不会伤害他们。

放暑假了，许小力每天都跟小伙伴们无拘无束地游玩，写完作业就跑进山里。村子所在的位置本来就被山峰和树林环抱，顺着村前的小河往下走，更是人迹罕至，幽深宁静。许小力一点也不害怕，这里大型动物很少，白天没什么危险。但天黑之前必须回到村子里，因为天黑后一些野兽会跑出来。听说晚上能看见狼和熊，野猪也很多，有时能听到它们的叫声。

这天，许小力和小伙伴顺着小河走了一段路，迎面来了一个人，身后背着什么东西，看上去有些慌张。他个子不高，走路显得有些吃力。许小力认出他是村里的李大胜，可那人见了他们连招呼也不打。他感到很奇怪，就上前问道："胜子哥，你着急赶路吗？"

"是的，我家里有事，先走了。"大胜说完慌忙要走。

突然，他后面背着的麻袋里传出小孩的哭声，仔细看，麻袋里装的东西似乎像个孩子。

其他两个小伙伴吓得说不出话来。许小力胆子比较大，上前拦住他说："胜子哥，你背的到底是什么？"

"不是孩子，我哪敢偷孩子呀！这不是孩子。"他越说越慌张，喘着气，结结巴巴的。

"那你必须让我们看看才行！"许小力坚决地说。

大胜也就十六七岁，是个大孩子，今天有些心虚，不得已放下麻袋，说："你们看吧，真不是人，就是一条鱼，长腿的鱼！"

他打开麻袋，果然露出一条很大的鱼，黑黑的，像蜥蜴，但非常肥胖，有点扁平的样子。

“这是娃娃鱼，国家级保护动物！老师跟我们讲过，绝对不能捕捉！”许小力大声说。

“山里又没外人，谁能知道呀！只要你们不说，绝对没人知道！”大胜赔着笑脸说。

“不行，要想人不知，除非己莫为。你如果捕捉国家保护动物，迟早会露馅的，到时候吃亏的是你自己，还是赶紧放了吧！你看它多么可怜，一直在哭呢。我们见了，如果不管，会被老师批评的！”许小力口气十分坚决。

大胜从裤兜里掏出几块钱说：“你们拿去买雪糕吃，这里就不要管了。”

其他两个小伙伴有些犹豫，许小力斩钉截铁地说：“这钱我们坚决不能要。你赶紧放了吧，真的是为了你好。”

大胜脸色大变，没好气地说：“怎么，你要找事？皮痒了吧？”他明显是舍不得放掉娃娃鱼，想吓唬他们。

“别来这套！”许小力仍然面无惧色，“今天你敢打我，到了村里，我爸会找到你家的，你捕捉娃娃鱼也会被警察抓走的。这个娃娃鱼你没办法卖，没人敢要，对你并没什么用。但被警察抓住，你的问题可比你想象得严重多了。”

大胜招架不住这番有力的劝说，内心也有些恐慌，没了办法，说道：“遇见你算我倒霉！好吧，那你们要见证一下，我放了呀，可别再去告我了。”

“你放心吧！只要你放了，我们就不会说。”许小力也笑了。

大胜万般无奈，只能跟着他们往回走，到了河边，打开麻袋。

“慢！”许小力和小伙伴还是第一次这么近距离观察娃

娃鱼，“让我们先看看它，跟它玩会儿再放吧！”

于是，他们把娃娃鱼放在地上。它非常大，有一米多长，蠕动着身子，尾巴不停地晃动，显得有些笨拙。它有4个爪子，但是明显不适应在地上爬行。许小力抚摸着它的身子，觉得黏糊糊的。他的小伙伴惊奇地看着，发现娃娃鱼的眼睛很小，嘴巴却很大。

大胜提醒他们说：“你们可要注意点，它是会咬人的，我就差点被咬了。”

许小力对娃娃鱼说：“以后小心点，可不要再被捉住了！”

娃娃鱼似乎听懂了，看着他，不再哭泣，发出“哼哼”的声音，似乎在说：“我知道了，谢谢你救了我。”

几个人都叫起来:“好家伙,它真的会说话。”

许小力也很吃惊,又摸了一会儿它的后背,就把它推向水边。娃娃鱼进了水里就开始游动起来,游出了几米又冒出水面,朝他们叫了几声,才消失了。

“这东西够神的。幸亏放了,如果惹了它,真可能有报应呢!”大胜情不自禁地说。

“是的,以后不要再捕捉了。我们应该保护它们,野生动物都是我们的朋友。”许小力说。

一行人恋恋不舍地离开河边,往村里走去。

许小力信守诺言,并没有把这件事说出去。不过,他已经知道那条河里有娃娃鱼,决定以后要留心保护。几天后,他又跟小伙伴到了放生的地方,可惜没看到娃娃鱼的影子。许小力希望它能好好隐藏起来,尽量别露面,尤其是白天。

一个多月很快过去了,暑假接近尾声。这天,他又想邀请两个要好的小伙伴出去玩,但十分不巧,一个生病,一个去亲戚家了,于是他决定独自进山。“正好可以锻炼一下自己的胆量。”许小力并不担心。

路线很熟悉,许小力一边走一边留意周围,察看有没有什么异样。天刚下过雨,空气很清新,山上的树木葱茏翠绿,散发着沁人心脾的植物味道。

许小力想,河滩的草丛中一定有很多蘑菇,采一些回去，分给小伙伴吃。说干就干，他用长竹竿试探了一下，感觉没什么异常，就走进了草丛。远远望去，他看见一片空地上有很多蘑菇，大的像小伞。

他立刻兴奋地走了过去，一直走到近前，仔细观察一番，确定是蘑菇，没有毒。他高兴坏了，有这么多，不知道能不能背回去呀！吃不了的话，就晒干保存起来。这真是一块宝地！估计很少有人来，所以宝贝多。近年来，村子里的青壮年大多去外面打工了，有的过年都不一定回来，这也在客观上保护了环境。

他高兴地俯下身采了起来，不停地往背包里装。好大的蘑菇，味道很好闻，有一种淡淡的清香。

他正在兴高采烈地忙活着，突然从前方茂密的草丛中隐约传来奇怪的声音，像是刮起了一阵山风。他急忙抬头看，竟然是一条很粗大的蛇正向他爬过来。蛇身体很长，几乎是他身高的两倍，身上的花纹也十分恐怖。他第一次见到这么粗大的蛇，几乎吓傻了，愣了几秒钟才转身逃跑。

极度的恐惧促使他跑得飞快，回头看，大蛇还在继续前行。它虽然没有脚，但速度非常快，离他越来越近。他心里直叫苦，不知道自己哪里得罪了这条蛇。

很快，许小力跑到了河边，两边的路很崎岖，有很多奇形怪状的大石头，很难跑快。眼看大蛇就要追上来了，他当时完全慌了，大脑一片空白，情急之下，他一头扎进河里。好在他游泳技术特别好，平时在河里游泳，小伙伴没一个能跟上他的。河水很深，他潜泳了几米，露出水面后，猛地划了几下水，把身后的背包急忙扯下扔了。

游了一会儿，他回头看，那条大蛇竟然也游进了河，在河面上翘着脑袋，眼睛里冒着寒光。也许是大蛇把他当成了猎物，也可能是他不小心激怒了大蛇，它才穷追不舍。蛇能吞下比自己粗的猎物，他亲眼见过大蛇吃鸡、吃鸭子，甚至吃小羊。这条蛇比他以前见过的都要大。

虽然许小力游得很快，但是大蛇的速度也很快。他要迅速摆脱根本不可能，即使到了对岸，它还是会扑上来。越是崎岖的地方，它爬得越快。蛇是借力爬行的，如果地面很光滑，它就爬不动了，可是这里哪有光滑的地方呀？

许小力手忙

脚乱，还呛了几口水。他想：还是先游上对岸再想办法吧，如果在河里被蛇咬住、缠住，就完了，大蛇缠人的功夫是很厉害的。

许小力不顾一切奋力向前游，可是水突然变浅了，无法再游，他只能站起来奔跑，可水里有很多石头，他跑不快。前所未有的恐惧向他袭来，他忍不住发出撕心裂肺的惨叫："救命呀！"

可是周围根本没有人，谁能救他呢？他哭泣着继续跌跌撞撞地往前跑，不时被绊倒，扑倒在水里，但是只能爬起来继续跑。

他跑着跑着，似乎感觉屁股被什么咬住了，又似乎没有。他终于鼓起勇气回头，却发现刚才游荡在身后的大蛇并没有追上来，正在水里翻滚着原地打转呢！

真是奇怪，难道蛇也会抽筋？太稀奇了！

许小力没有忘记自己的处境，先抓紧时间跑到岸上，并且抓起几块石头备在身边，然后回头观察。

他看清楚了，大蛇正在跟什么东西搏斗呢！那个东西像一条大鱼，有时会露一下身子，黑黑的，似乎还有爪子，难道是一条大黑鱼？黑鱼很厉害的，专门吃别的鱼，长得也很

大，以它们的性情，倒是不怕大蛇。不过，这显然不是黑鱼，因为它有爪子。

对了，一定是娃娃鱼！

大蛇确实是在跟一条巨大的娃娃鱼搏斗，不过，刚才许小力一直在逃命，不知道具体发生了什么。猜测一下，应该是娃娃鱼潜伏在水里，大蛇经过时遭到娃娃鱼突然袭击，被咬住了身子，随后它们激烈地搏斗起来。娃娃鱼在地面上比较笨拙，但是在水里很灵活，潜水能力也更强，比大蛇有优势。它的嘴巴很大，里面都是牙齿，在大蛇没有防备的情况下，能给它以致命的打击。

果然，大蛇试图缠绕住娃娃鱼，却没有成功。它身上已经伤痕累累，不敢恋战，仓促逃跑，但是娃娃鱼没有放过它，在后面紧追不舍。刚才气势汹汹的大蛇竟然被娃娃鱼一口咬掉了尾巴，狼狈地晃动着身子逃掉了。它感觉自己在水中不是娃娃鱼的对手，灰溜溜地游到远处去了。

娃娃鱼把大蛇的一截尾巴吞了下去。

许小力觉得它很像自己一个多月前放生的那一条，但是也不能肯定。他朝娃娃鱼挥挥手，娃娃鱼也看到了他，在水面上游了一会儿，就沉了下去，大概是继续潜伏，等待猎物吧！

许小力有些狼狈，想赶快回家，于是找了一个水面比较狭窄的地方上了岸。他回到家里，把自己的遭遇一说，爸妈都惊呆了，以为他受了刺激，脑子糊涂了。但是他又清晰地重复了一遍，说是那条娃娃鱼救了他。

“它为啥救你呢？跟你认识？”爸爸非常疑惑，“虽说娃娃鱼很有灵性，但没听说救过人。”

“这个……”许小力欲言又止。

“说吧，有什么话想说就都说出来，别吞吞吐吐的。”爸爸说。

在爸爸的催促下，许小力讲了一个多月前放生娃娃鱼的事情。

爸爸说：“这就对了，善有善报，你跟娃娃鱼是真有缘，它在那里潜伏着，没有袭击你，而去袭击了大蛇。”

“可是，我不能肯定就是那条娃娃鱼，体型看上去差不多。”许小力诚实地说。

“有些事，哪里能完全说得清呢！孩子呀，你小小年纪就懂道理，知道怎样好好做人做事，你做得对。”

许小力用力点点头。

在村子里，这么神奇的事情传播得非常快，很快大家都知道了这件事。人们都说，那条娃娃鱼知恩图报。大家都约定，任何人不能捕捉、伤害娃娃鱼。

开学后，许小力把这件事告诉了老师。老师也很吃惊，最后还给他做了分析：娃娃鱼外表可爱、笨拙，其实是食肉动物，专门隐藏着，等鱼、蛙等经过时突然蹿起，一口咬住，猎物很难逃脱，只能乖乖被吞下肚。娃娃鱼平时也吃蛇，并不怕蛇。当时，那条娃娃鱼正好潜伏着，大蛇一经过就遭到了娃娃鱼的突然袭击。如果不是那条蛇个头大，很可能就被娃娃鱼吃掉了。

“可是，我在那里跑，娃娃鱼为什么没有袭击我？”许小力问。

“娃娃鱼是不吃人的呀！你看起来很大，它没有把你当猎物。”

老师对他救娃娃鱼提出了表扬，并说：“大自然有很多秘密，现在弄不懂，长大后可以去研究。”

许小力郑重地点了点头。

至于那条大蛇，由于当时很慌乱，许小力竟然没能看清楚究竟是哪种蛇。根据他大致的描述，老师分析可能是蟒蛇。不过这里不是南方，大王蛇的可能性更大。大王蛇也叫王锦蛇，非常凶猛好斗，但没有毒，以小动物为食，可能是因为饥饿，把他当成了猎物。

“你很勇敢，但是你还小，不能一个人进入深山里，要注意安全。”

“通过这件事，我感觉自己长大了不少呢！”许小力感慨颇多，“我一定要好好学习，努力掌握知识和本领，去了解更多大自然的秘密。”

动物观察笔记

被称为“活化石”的大鲵

别名 | 娃娃鱼

种属 | 两栖纲有尾目隐鳃鲵科

体长 | 75—180厘米

体重 | 20—25千克

分布区域 | 中国、日本、美国等

◎出没地带

山间溪流、河流和湖泊

◎最喜欢的食物

鱼、蛙、蟹、蛇、虾、蚯蚓及水生昆虫等

◎保护级别

极危物种，国家二级保护动物

❶ 不是鱼的娃娃鱼

大鲵又叫娃娃鱼，实际上，它并不是鱼，外形有点像壁虎，是体型最大的两栖动物。据说它的叫声像婴儿啼哭，因此叫“娃娃鱼”。还有一种说法是因为大鲵有四条又短又胖的腿，前脚有四指，后脚有五趾，尤其是前脚连同它的四指很像婴儿的手臂，因此得名。由于视力不好，大鲵只能用头和身体感知水压的变化来捕食猎物。

❷ 不怕饿肚子的娃娃鱼

娃娃鱼消化东西的速度比较慢，所以极其耐饿。在极度缺乏食物的时期，它甚至能饿上两三年。

一到冬天，它就会钻进洞穴或深水的岩石下，闭上眼睛。但它并不会进入深深的冬眠，一旦有什么风吹草动，就会悄悄地移动。

❸ 用尾巴吊石蟹的娃娃鱼

每当夜晚来临的时候，娃娃鱼便出发捕食。它会用尾巴的尖顶分泌一种带有腥味的气体引诱藏匿在溪水石缝里的石蟹。

石蟹的双螯一旦钳住东西就不会轻易松开，所以被引诱的石蟹伸出双螯就被牢牢地勾出来，瞬间被娃娃鱼吞食。

第八章

“刺猬大仙”与“飞豹”

扫码即可
声临其境

童年是懵懂的，但有些事情特别难忘。在一趟外出旅游的列车上，我偶然遇见了多年未见的老同学阿甲。阿甲一边感叹着自己如今在城市里到处奔波的生活，一边回忆着我们自由自在的童年。

阿甲的爷爷是个老中医，乡亲们生了病都去找他。他爷爷有一部祖传的医书，经常按照书上写的去山上采药。被他爷爷治好病的人会主动把一些动植物药材送到他家。只有这种“礼”，他爷爷才肯收下。

记得那是6月的一天，有个叔叔用麻袋装着一只大刺猬送到阿甲家，是那个叔叔在山上偶然捉到的。叔叔的母亲曾被阿甲的爷爷救治过。他听说刺猬是名贵的中药材，心、脑、肝、胆、肾都能入药，就特意送来了。阿甲的爷爷非常高兴，说从没见过这么大的刺猬，把它装在了铁笼里。阿甲放学回来，隔着铁笼一看，大吃一惊。它足有小脸盆那么大，背面密密麻麻长着粗粗的硬刺，嘴巴异常的尖，露出两颗亮锃锃的牙齿。它冲着阿甲发出“哼哼”声，还不时用力撞着眼前的铁笼，似乎充满了无处发泄的愤怒。

因为暂时用不着刺猬下药，阿甲的爷爷就把它养了起来。奇怪的是，无论爷爷喂它什么，它都不吃，还凶巴巴地瞪着爷爷，好像知道爷爷迟早要杀它似的。阿甲就自告奋勇要求去喂它，说起来真奇怪，它竟然津津有味地吃起来。也许是动物喜欢小孩，知道小孩没有恶意。

此后的半个多月，阿甲每天都去喂它，有时在学校里还惦记着它。不知不觉间，阿甲发现自己已经把那只刺猬当成了朋友。

但阿甲的爸爸和爷爷认为他有些反常，整天围着一只刺猬转是没出息的。他们决定尽快把那只刺猬杀了。阿甲得知后，先是觉得很恐怖，很快转为愤怒。他哭着对爷爷说：“你不是经常跟我说医者父母心吗？不是经常讲救死扶伤吗？为什么要杀死一只刺猬？它也是有生命的！”

“这能一样吗？你怎么拿人和要做药的动物相比？”爷爷瞪着眼反问他。

“太荒唐了！你这么心软能成什么器？再犟一句嘴，我不会轻饶你！”爸爸说。

阿甲吓坏了，不敢再说话，内心非常痛苦和绝望。这时候，有趣的事情发生了。邻村一个婆婆得知阿甲的爷爷养了只大刺猬准备入药，便跑到他家来，见了阿甲的爷爷就说，前些天，她做了一个梦，说有一个“刺猬大仙”正在我们村里遭受磨难，要她解救。她的话很难懂，却很有效果。最终，爷爷和爸爸同意把刺猬放生。

爷爷叹了口气对阿甲说：“你拿到山上去放了吧，总之是不能养在家里了！”

阿甲立刻同意了，这已经是意外的胜利。他用布袋装着这只大刺猬到离村较远的山上放了。大刺猬一落地，知道获得了自由，喜不自禁，撒欢跑了十几米，但很快又回头冲阿甲发出奇特的叫声。看到它兴奋的样子，阿甲既高兴又有点不舍，不知道自己以后还能不能再见到它。

几个月后的一天，放秋假了，阿甲约我去山上摘野核桃，但那天我刚好有事，去不了。阿甲那天走了四五千米路，发现了一片野核桃林，满树都是果实，还没被摘过。

阿甲爬到树上尽情地摘起来。也许是太兴奋，加上过于疲劳，他摘着摘着竟然一脚踩空，身体失去了平衡，手抓着的细枝也折断了，一下子从三四米高的树上摔了下来。下面全是乱石，坚硬无比，疼得他一声惨叫，晕了过去。

醒来后，阿甲感到浑身疼痛，身上还有破损出血的伤口，右脚踝也严重扭伤，一时无法站立。他大声地呼救，可那里人迹罕至，周围看不到人影。

阿甲急得哭起来。这时，他感觉有什么东西正在接近，仔细一看，不远处的灌木丛中竟闪出一个毛茸茸的家伙。它很像一只肥胖的家猫，身体粗壮，耳朵短而宽，尾毛蓬松，显得很吓人。认出来了，这是兔狲。以前听爷爷说过，兔狲有时夜里到村里偷鸡吃。阿甲的呼救没喊来人，却把它招来了。它小心翼翼地靠近，在十几米远处瞪着圆圆的眼睛仔细观察阿甲。

阿甲看着它，不知将要发生什么。突然，那只兔狲低下头，弓起肩，向阿甲逼近。他预感到不妙，挥舞手臂做出驱赶的姿态，但它并没有停下来，反而越走越快，在快接近时，一跃而起，张开大嘴朝阿甲的小腿咬来。

阿甲吓傻了，想逃跑却不能动弹，瞬间腿上被撕下了一片肉。兔狲很快跳开了。剧痛让阿甲继续歇斯底里地呼救，他的内心濒于崩溃。

这时，一件意想不到的事情发生了，耳边传来“噗噗噗”的声音，不太响却很怪异。那只正要再次猛扑向阿甲的兔狲竟也停下来，掉过头

去。定睛一看,原来是一只大刺猬跑了过来。它的个头很大,像个大脸盆,龇牙咧嘴的,模样竟也很凶。大刺猬猛地扑过来,兔狲毫无防备,被咬了一口。正当兔狲打算反击时,大刺猬又缩起了脑袋,留下一个令兔狲无可奈何的"刺头"。可当它气呼呼地掉转身要咬阿甲时,大刺猬又钻出脑袋,伺机进攻。这回兔狲及时发现,它气坏了,用爪子一掌把刺猬打得翻过身去,上前想从刺猬的肚皮下口。大刺猬很聪明,使劲滚动,不给它机会。最后兔狲真的急了,趁着刺猬还没竖起硬刺,张大嘴上前狠狠咬了下去。

说时迟,那时快,大刺猬全身的硬刺猛然竖起,狠狠扎进了兔狲的嘴巴,血从它的嘴角流下来。兔狲痛得大叫,逃出好远。阿甲见状为大刺猬大声叫好,它这一招太高明了!

阿甲生怕兔狲缓过气来继续攻击,谁知它在周围转了几圈,动作越来越迟缓,最后竟坐了下来,身子发软。他很纳闷,兔狲只不过被扎了一下,怎么像被抽了筋?阿甲猜不透其中的原因。

这时,大刺猬却活跃起来,再也不缩拢身体。它爬到兔狲肚子下,张嘴咬破了它毫无遮挡的肚子。兔狲垂死挣扎,却无力摆脱,血越流越多。最后,一只体重七八千克的兔狲竟然被一只体重不超过4千克的刺猬咬死了!

阿甲望着眼前的一幕,感觉像做了一场梦。多亏了这只大刺猬，它救了阿甲的命。只是有点奇怪，它怎么这么巧跑来救他？估计是阿甲的呼救声把它吸引过来的。

大刺猬咬开兔狲的肚子，吃起里面的内脏来。看来它不全是为了救阿甲，也是为了捕食。阿甲胡思乱想着，心里却非常高兴。不管怎么说，他坚信这只刺猬对自己有印象，并且怀有善意，绝对不会伤害自己。

大刺猬吃饱了，竟走到阿甲身边，围着他转起来，并发出“吭吭吭”的叫声。过了一会儿，它就转身离去了。阿甲高兴地冲它招手表示感谢，望着它的背影，百感交集。

之后，阿甲用力站起来，瘸着腿、咬着牙往回走。在半路上，阿甲与进山寻找他的父亲相遇，总算彻底脱险。

回到家，阿甲跟爷爷说起事情的经过，爷爷大为吃惊，以为他说胡话。阿甲反复强调，爷爷才信了，连连说：“稀罕呀！想不到大刺猬这么仁义，多亏当时没杀死它，否则今天大孙子的命可悬了。今后我再也不拿活物入药了，再也不了。”阿甲不解地问爷爷：“本来厉害无比的兔狲怎么被大刺猬扎了一下，嘴受伤后就很快瘫倒了呢？”爷爷告诉阿甲，一些成年刺猬经验丰富，每当遇到蟾蜍时，它们会将蟾蜍皮肤上的毒液涂抹在自己的硬刺上，使其变成威力巨大的“毒箭”，兔狲被刺猬刺破嘴后就中了毒。阿甲听得很认真。小小的刺猬可真是神了，怪不得有人叫它们“刺猬大仙”呢！

阿甲的爷爷说到做到，打那以后，只做草药。阿甲再也没见过那只大刺猬，有几次怀着复杂的心情在深山徘徊，十分希望再遇见它。这么多年过去了，阿甲还是念念不忘，坚信大刺猬是有灵性的。

阿甲顺势问起了我毕业后的经历。我们便聊起了我工作中的一件难忘的往事。毕业后，我在一个自然保护区的管理站工作过一段时间。我的任务就是定期巡视，调查、保护辖区里的动植物。我非常热爱自己的工作，救护过不少动物。第二年6月的一天，我在深山中经过一棵大树时，听到头顶的枝叶间传来雏鸟的悲啼。那里有个金雕的巢，很大。我猜测里面有雏雕遭遇了危险。很快，我发现一条大蛇从鸟巢旁边爬过，一定是它偷袭了金雕的巢穴。见没有大雕来救助，我立刻打上脚套，快速爬上树。巢里有一只雏雕，才长了一半的毛，还不会飞，因为受到惊吓，突然摔到了树下，唧唧尖叫，非常可怜。老雕一直没来救自己的孩子，大概出事了。我等了许久后，把雏雕抱回了站里。

在我的精心照料下，这只小金雕活了下来，还很健壮。由于是从小养大的，它与我几乎朝夕相处，对我很依赖。

几个月后，它长成了一只体格超群的大雕，体长一米多，双翅伸展，足有两米五，棕褐色的羽毛夹杂着金黄色的

斑点，非常绚烂、华丽，让人忍不住想抚摸。它在捕捉害鼠等猎物时快如闪电，杀气迸现，让猎物闻风丧胆。我给它取名“飞豹”，它太像一只会飞的威力无比的豹子了。只有我还敢亲热地抱抱它，别人很难靠近它。我不想让它成为只会撒娇的宠物，请教了专家，训练它的各种本领，还经常放它进山自由活动，希望它适度保留野性。

我天生喜爱动物，跟“飞豹”更有一种说不出的感情。一个人巡视毕竟有些孤单，有“飞豹”做伴后，工作多了很多快乐。“飞豹”极通人性，勇猛胆大，多次帮我解除危险，它因此被同事们称为“编外队员”。

秋天到了，上级要求我们站对辖区内的鼯鼠及五灵脂进行采样调查研究。鼯鼠俗称飞鼠，是一种很奇特的啮齿类动物，外形像大松鼠，但其躯体两侧生有连接前后肢的皮质飞膜，能够滑翔几十米，尾毛蓬松的长尾可调节身体平衡。北方的鼯鼠常年在悬崖峭壁上活动，能够吃到多种常人采不到的药材，其粪便可以入药，俗称“五灵脂”，有活血、散瘀、止痛的功效。

我和三名同事主动承担了采集样本的任务。9月15日，我们准备了简易的攀崖用具，还有竹耙、背篓等，来到比较偏远的一个山崖顶上，“飞豹”也与我们同行。我们事先用望远镜仔细观察过，这个崖壁上面常有鼯鼠出没，而且数量很多。陡峭的崖壁高达一两百米，从下往上爬根本不可能，只能从上往下降。长绳的一端用粗铆钉固定在坚硬的岩石上，由专用装置控制。因为我身子最灵巧，又能受到“飞豹”的直接保护，所以先由我从崖顶往下降。一切准备妥当，我坐在简易的作业板上，系好保险绳，慢慢往下踩。

山顶上面不断地放着绳子，我下行了十多米，终于发现了几个很深的鼯鼠洞穴，但没有找到五灵脂。我耐心地寻觅着，直到绳子快放完了，终于在一个大洞中发现了厚厚的一层五灵脂。粪和尿凝结在一起，油润发亮，散发着奇异的腥味。这种俗称“糖灵脂”的东西药用价值最高。我喜出望外，用竹耙掏起来。

“飞豹”一直在我身后盘旋，保护着我，如果有毒蛇什么的，它会立即扑上去。好在一切顺利。它飞得有些累了，便在峭壁上一棵往外生长的小树上停下来歇息。

很快就采了不少，我抬起头发出信号，让崖顶的人收绳子。忽听一阵尖叫，几只鼯鼠不知从哪里冒出来，幻影般跳到我的绳索上乱咬起来。我第一次如此近距离观察鼯鼠。它们披着棕黑色的毛，个头不大，算上尾巴有半米长，大眼睛贼亮，满嘴尖牙利齿，看上去相当凶恶。它们因恼怒更显得面目狰狞，让我惊恐不已。

“飞豹”马上发现了险情，一声尖啸，展翅冲了过去，以惊人的速度狂啄猛击。没被啄死、击落的鼯鼠见势不妙，“噌噌”钻进山洞不见了。

我松了口气，检查了装备，调整好状态准备继续向上攀援，却见石壁上又蹿出一群鼯鼠，争先恐后地跳到绳子上。事后听当地的老人说，鼯鼠是非常合群的动物，有保护家园的本能。它们最恨人侵入它们的巢穴，一旦见到有人顺绳而下，就会群起而攻之，咬断绳索，让人葬身崖底。老辈的内行人去采五灵脂都要严加防范，在绳索上套上一截截竹管，这样鼯鼠就咬不动。可当时我们没考虑得那么充分。同事们似乎也猜到了险情，一直往上拉，但速度快不了。眼下全指望“飞豹”了。只见它羽毛炸起，喙爪狂扫，眨眼间把四五只鼯鼠抓得血肉模糊，有的惨叫着向下坠，有的滑翔起来。

鼯鼠受了重挫，但并不溃逃，而是仗着数量众多疯狂反击。它们的体型虽比“飞豹”小很多，但明显皮糙肉厚，弹跳力惊人，滑翔飞行也很自如。混乱中，一只个头很大的鼯鼠张开大嘴，“吱吱”尖叫着骤然咬向“飞豹”的腿根。“飞豹”急忙闪开，用尖喙猛啄它的脑壳。这只鼯鼠不管不顾地仍然咬住“飞豹”的爪不放。“飞豹”舞动翅膀，好一阵猛烈地撕扯，才将其甩脱，可自己也受了伤。

鼯鼠仗着数量多，一拨又一拨地齐心战“飞豹”。“飞豹”的精力受到牵制，每消灭一只鼯鼠都要消耗很多体力。我看在眼里，疼在心上。“飞豹”全是为了救我才遭这罪的。我只有迅速自救才能让“飞豹”安然离开。想到这里，我抖擞精神，抓住绳索向上攀。好不容易爬了几米，突然，一只鼯鼠冷不丁跳到我头上，狂抓滥咬起来。我疼得大叫，惊恐至极，一只手松了一下，身体瞬间失去平衡，滑下来两三米，手掌鲜血淋漓，那种钻心的痛简直无法形容。我尖叫着不顾一切地腾出右手，揪住头上的鼯鼠，狠命撕扯，把它甩了出去。

还没容我喘口气，又有几只鼯鼠落到我头上、身上。它们大概已经看出我比较弱，比那只雕好对付多了。我能感觉到上面同事拉绳的力度和心情，速度明显加快，但因为必须控制平衡和考虑绳子的耐受度，不可能短时间内上升几十米。

我欲哭无泪，几乎要崩溃了。我双手狂舞，尽力抵挡鼯鼠的攻击，但效果甚微。这样下去，我迟早会精疲力竭，被啃得千疮百孔。而且当时我悬在半空，脚下是百丈深渊。长这么大，我第一次感受到超常的恐惧。

忽觉头顶振翅有声，纠缠住我的鼯鼠一只只不见了。我抹了一把脸上的血，抬头一看，是“飞豹”。它大发神威，旋风般消灭了那几只鼯鼠，为我解了围。我一阵轻松，不禁激动地说：“‘飞豹’，我的好伙伴，谢谢你救了我。”但只是转瞬间，鼯鼠又蜂拥而至。这些野性极强的家伙，看样子不达目的是不会罢休的。

“飞豹”一直在半空盘旋，拼力搏杀，没歇一下，已经相当累了。

峭壁上的鼯鼠不停地使劲咬着绳索，“飞豹”分身乏术，

等把攻击我的鼯鼠赶走想冲过去时，已经来不及了。此刻离崖顶只有十几米了，上面的同事一直在呼叫，我却眼睁睁看着绳索“啪”的一声断了，身子直向下坠去。“啊！”我不禁大叫一声。刹那间，灵魂仿佛飞离了躯壳，我马上就要永远告别这世界。

在下落的过程中，我感到我的身体突然被什么东西撞了一下，猛地睁开眼，发现自己竟落到峭壁上生出的一根树枝上。“飞豹”气喘吁吁地在我身边上下飞舞着，我这才发现原来在我将死之时，“飞豹”俯冲下来用尽全身的力气，将下落的我撞到了这里，改变了我坠落的轨迹。我抚摸着峭壁上的岩石下定决心，我得活下去，不能辜负“飞豹”的努力。这时上空抛下来粗大的绳索，我沿着绳子向上望，我的同伴们正大声地呼唤我。我用力抓住绳索，在“飞豹”的保护下，避开鼯鼠一点点向上移动。我终于爬上了山顶，哽咽着和同事讲起事情的经过，所有人都被深深震撼了。

“飞豹”救我的故事很快流传开来。有人感动之余也提出疑问，在他们看来，动物不具备丰富的情感，舍身救人简直不可思议。对此，我没多说什么，事情的经过就是这样。如果人们能有机会亲自养一些动物，并且能发自内心地爱它们，关心它们，就会理解这一切。也许我的经历有特殊性和偶然性，但谁也不能否认，人和动物可以建立起真挚、纯粹的情感，没有世俗的私心，有的只是本能的爱。

事情已经过去十多年，每当想起“飞豹”，想起它奋不顾身的举动，我仍会热泪盈眶。我努力生活着，去救护更多的动植物，用宽容的爱心去发现一切美好的令人感动的东西。希望人和大自然会因为我们的努力而变得更和谐，更美丽。

会"飞"的鼯鼠

别名 | 飞鼠、飞虎

种属 | 哺乳纲啮齿目松鼠科

体长 | 30—40 厘米

体重 | 0.6—2.45 千克

分布区域 | 东南亚、北美和欧亚大陆

◎出没地带

针叶、阔叶混交林

◎最喜欢的食物

坚果、水果、植物嫩芽、昆虫和小型鸟类等

◎保护级别

近危物种，国家"三有"保护动物

1 天空的滑行者

说鼯鼠会飞其实是有些夸张的，严格来说，它只能在树与树之间做中短距离的滑翔。因为可以在空中滑翔，所以又被称为“飞鼠”。鼯鼠的前后肢之间有宽而多毛的飞膜，并且身体非常轻盈，所以当它们从高处跳跃的时候就可以借势滑翔一段距离。对于鼯鼠来说，拥有滑翔能力也是一项了不起的生存技能。这意味着在面对任何猎食者的时候，它拥有瞬间改变自己位置的主动权，即使力量对比悬殊，也很难被捕捉。

2 粪便是灵药

鼯鼠的粪便大有用途，是一种被称为“五灵脂”的珍贵药材，具有活血、散瘀、止痛的功效。

第九章

『神仙洞』之谜

扫码即可
声临其境

俗话说，靠山吃山，靠水吃水。九嶷山的年轻后生容山曾经靠打猎为生，但一次进山的经历彻底改变了他的人生。

那天清晨，他哼着山歌，喜滋滋地上山了。一直逛到太阳当头，连只山鸡也没碰见，要是别人早没耐心了，但容山不急不躁，眼珠锃亮。“嗖，嗖！”只见前方的莪术、黄连丛中倏地蹿出两个影子，一眨眼又不见了。容山惊叫道：“小灵猫！”小灵猫又叫麝猫，是比较稀少的猫科动物，毛皮质量较好，而且尾部有香腺。容山马上奋起直追。

小灵猫是昼伏夜出的动物，对太阳光不太适应，兀自向前猛蹿，显得惊惶而狼狈。它们身形矫健，迅捷异常。几分钟后，小灵猫逃出了冷杉林。百余米外伫立着一道又高又陡的山峰，挡住了去路。容山连声吆喝，步步紧逼。小灵猫却疾速跑到山峰下，眨眼间不见了踪影。容山以为自己眼花了，又往前跑了十几步才发现两只灵猫进了一个大山洞，那是“神仙洞”。他一时呆在了原地。

据乡亲们讲，这个“神仙洞”一直怪事不断。许多当地人在洞口附近莫名其妙地失踪。最奇怪的是某日山中大雨，一个小牧童去洞中避雨，大人远远地见他跑向“神仙洞”，便大声叫他，可转眼间牧童不见了。大人们跑到洞中一看，地上仅剩下一条皮鞭和一个斗笠，一个个吓得呆若木鸡。“神仙洞”竟然成了吃人洞，再没人敢轻易靠近。

容山是土生土长的本地人，深知“神仙洞”的厉害，平时也不敢往这里来。只见洞顶杂乱地垂下很多藤萝，把两米高的洞口遮住了一半，愈发显得神秘诡异。往里看，黑漆漆的，令人胆寒。容山不由自主地倒退了几步，生怕被“吸”进去。正在发愣，忽见两只小灵猫在洞口探头探脑，似乎想夺路而逃。这两只小动物慌不择路地进去避了一下，居然也不敢再往里钻。

容山岂肯放它们走。不及细想，他冲上去堵在了洞口。两只小灵猫被逼无奈，又朝里跑

了十几米。容山瞪大眼睛细瞅，发觉两只小灵猫身上有十几个烁烁放光的黄斑，这是它们的斑毛在发光。这种夜光毛皮是兽皮中的绝品。今天他一下看见了俩，高兴得差点儿蹦起来。这是无价之宝啊！容山热血沸腾，也不管什么“神仙洞”“吃人洞”了，低头冲了进去。越是黑的地方，两只小灵猫身上越亮，像小灯笼似的。

山洞忽高忽低，曲折迂回，宛如迷宫，令人晕头转向。容山瞅准时机，对准一只小灵猫打出了钢珠。那只小灵猫尖叫一声，摔了几个跟头便没了动静。另一只小灵猫在同伴身旁哀叫数声，抽身继续逃命。容山冲上去，拎起那只被击倒的小灵猫的尾巴，塞进身后的铁丝笼中。它被钢珠击中，已完全昏迷。

容山背起铁丝笼，举起弹弓准备打另一只灵猫，但它个头大，也十分狡猾，左转右拐怎么也打不着。又追了一会儿，它竟踪影全无。容山这下几乎变成了盲人，稀里糊涂地往前摸，出口早已不见。

容山提心吊胆地摸着洞壁向右一拐，突觉前面有亮光。出洞了？可还没等他看清，一个红彤彤的大嘴扑面而至。同时，一个奇大无比的巨掌一下子卷住了他的胸口。仓促间，他用双臂抱住头部，随即晕倒了。

也不知过了多久，容山恢复了一些知觉，只觉胸腹部疼痛如绞，头皮和脸颊也火辣辣得疼，双眼几乎睁不开。他使劲揉揉眼皮，鼓足勇气睁开眼，又差点吓昏。一张半开着的喷着臭气的大嘴就在面前，相距不足一尺，洞顶有个小口，透进一缕光线。容山能看出那是一条巨蟒，粗大的身躯盘绕在他的周围，把他牢牢锁住。巨蟒大概刚吞了猎物，还在消化，所以没马上要他的命。巨蟒非常机敏，身负重伤的他根本没有逃跑的可能。

容山恐惧到了极点，现在他彻底

后悔了，真不该进洞追小灵猫啊！巨蟒随时可能把他囫囵吞下，这个结局也太惨了。两旁有一些骨头、毛发和破衣烂衫，看来巨蟒不止一次把人或野兽弄来吃掉。而他，竟然主动送上门，真是后悔极了。

容山壮着胆子坐起来，铁丝笼还在背后，那只小灵猫也缓过来，发出异样的呻吟，并用爪子乱抓。容山环顾四周，看见十几米外有一片亮光，刚才那只逃走的小灵猫正站在那里。看来这两只小灵猫是一雄一雌，雌的被捉，雄的冒死回来救它了。

两只小灵猫一呼一应，叫声甚为凄切。容山听着它们叫唤，心里很不是滋味。小灵猫虽是兽类，却如此重情，令人称奇。反正自己是死定了，何不在临死前做件好事，赎赎罪过呢？容山这样想着，轻轻取过铁丝笼，打开盖子。那只小灵猫喜不自禁地跳出来，闪电般从巨蟒身上一跃而过。两只小灵猫很快凑在一块。过了一会儿，它俩一前一后消失在黑暗中。

又苦挨了一个多钟头，巨蟒似乎大梦初醒，整个身躯开始蠕动，它的尾巴轻而易举地把容山卷住，推到了嘴边。容山吓得眼珠子都要蹦出来了，想反抗但无能为力。巨蟒的上下颚扩张到极点，火苗般的蛇信舔着容山的脸，臭气把他熏得几乎窒息。

千钧一发之际，背后传来杂乱而尖锐的怪叫，巨蟒抽筋般甩开容山，向外蹿了出去。容山打了几个滚儿，倒在了一边，抬头看，周围来了几十只小灵猫，它们的眼睛在黑暗中绿得耀眼，为首的是那只身上发“夜光”的雄灵猫。小灵猫们正张嘴对准巨蟒尾部乱咬。

巨蟒被激怒了，抡开尾巴“啪啪”乱抽，同时张嘴想吞小灵猫。那些小家伙反应极快，咬一下就飞快地闪开，让巨蟒无法得逞。巨蟒发疯般一阵猛折腾，搞得飞沙走石，黄土弥漫，容山吓得缩到一边。

在雄灵猫的带领下，几十只小灵猫从上下左右一拥而上，死死咬住巨蟒不松口。巨蟒见势不妙，“噌”地跳起身，一头钻进洞顶的石缝中，眨眼间钻进去近一半的身子，它是想从那里逃命。小灵猫们仍不肯罢休，咬住巨蟒的身体，一起用力往下拽，蟒身顿时被拉直了。

“双拳难敌四手”，巨蟒终究不敌几十只小灵猫的攻击，渐渐没了动静。

小灵猫平时最爱吃蛇肉，此刻便毫不客气地围住蟒身撕咬起来。这么肥的蛇肉，它们大概还没吃到过呢。不一会儿，蟒身留下一副骨架。

吃完后，小灵猫们前后紧跟着向洞外走去，容山也忙跟在它们后面。他虽然浑身酸痛，但不敢懈怠。好在那只雄灵猫走得较慢，似乎有意为他领路。

走了半个多钟头，绕来绕去，终于看见了洞口。一出洞，强烈的阳光刺得容山直流眼泪。他忙用手捂住，待了好一会儿，才睁开眼。啊，多么美的山，多么美的树，多么美的云彩！他又回到了人间。

再找那些小灵猫，一只也没有了。

容山死里逃生，同时也揭开了“神仙洞”之谜。那些消失在洞中的人一定是被巨蟒缠住吞吃掉了。他感慨那只雄灵猫的重情重义，舍生忘死去救自己的伴侣。众灵猫齐心协力，打败了巨蟒，也救了他一命。虽然他曾用暴力擒获雌灵猫，但当他释放了雌灵猫后，雄灵猫尽释前嫌，完全没有伤害他的意思。这只充满灵性和善意的雄灵猫，令他感动并无地自容。想想自己的所作所为，容山更加懊悔不已，之后他大病了一场。病愈后，容山砸烂弹弓，改行种植药材，发誓再也不打猎了。

动物观察笔记

带着香囊的小灵猫

别名 | 七节狸、乌脚狸、笔猫

种属 | 哺乳纲食肉目灵猫科

体长 | 48—58厘米

体重 | 2—4千克

生活区域 | 中国、越南、泰国、老挝、柬埔寨等

◎出没地带

低山森林、阔叶林

◎最喜欢的食物

老鼠、小鸟、蛇、蛙、小鱼、虾、蟹、蜈蚣、蚱蜢、蝗虫、野果等

◎保护级别

濒危物种，国家二级保护动物

❶ 可怕的香味

小灵猫有擦香的习性，外出活动时常将香囊中的分泌物涂抹在树干、石壁等突出的物体上，主要是为了标记自己的领地和吸引异性灵猫。在遇到敌害时，小灵猫能从肛门腺中排出一种奇臭的黄色分泌物，用以自保。

❷ 多才多艺的夜行侠

小灵猫为独居夜行性动物，喜欢在夜间活动。每当太阳下山的时候，它就会出去找一些吃的；它机敏而胆小，行动灵活，善于攀缘，能爬到树上捕食小鸟、松鼠或采摘一些野果；它还会下水游泳，技能非常多。

❸ "吃货"小灵猫

小灵猫食性较杂，主要以动物性食物为主，以植物性食物为辅。动物性食物如老鼠、小鸟、蛇、蛙、小鱼、虾、蟹、蜈蚣、蚱蜢、蝗虫等，植物性食物如野果、树根、种子等。秋季是各种果实成熟的时候，小灵猫常常在树林中活动，采食野果；冬季多在田边、林缘灌丛猎食小动物；夏季，两栖类动物繁多，则多在小溪、水塘边及翻耕的田间活动觅食。

第十章

罕见的羊熊大战

扫码即可
声临其境

2004年夏天，我跟随一个野外探险队在甘肃与青海交界的冷龙岭探险。冷龙岭是祁连山脉的一部分，山势高峻，纵横千里，资源丰富。那里的景色堪称雄浑、壮丽，云杉、冷杉林郁郁葱葱。从事地质工作虽说很艰苦，但由于常年生活在野外，能够看到常人难得一见的壮美景观，有时也感到很快乐。

那天，我和几名同伴一起登上海拔3260米的顶峰。吃过饭，同伴们都歇息了，我则举着望远镜四下观望。

无意间，我的目光被对面山梁上的几只野生山羊吸引住了。相比之下，野山羊不如大熊猫、华南虎有名，但它们同样珍稀。由于长期遭到捕杀，野山羊的数量已极其稀少。我认出那几只野山羊是被列为国家一级保护动物的北山羊，心里更加激动，目不转睛地观察着。野山羊两大三小，显然是一个家庭。最显眼的是那只公羊，它约有一米三四高，两米多长，毛色棕黄，体重不下150千克，比普通的家羊大得多，看上去威武雄壮；那对大羊角甚至有些吓人，有近一米长，状如弯刀，根部极粗，顶端尖锐，还有许多横棱。另一只是母羊，个头较小，角也小。三只小羊体重不超过25千克，不离妈妈左右。

北山羊是纯食草的动物，天敌较多，这就逼迫得它们栖息到一般动物到不了的险峻之地。它们爬山的本事绝对一流，看起来无法逾越的陡坡，它们照样能通过。这几只北山羊所处的位置就很险峻，荒草葱茏，估计只有山鹰经常出没。

突然，我看见了一头黑熊。它正借着灌木的掩护匍匐前进，慢慢向那几只北山羊靠拢。毫无疑问，它蓄谋已久，而几只北山羊浑然不觉。北山羊是极其机警的，防范意识很强，但这头黑熊更狡猾，它知道北山羊经常在这里活动，大概早就潜伏在某个山洞里，等北山羊来了才摸出来，乘其不备来个突然袭击。

我想给北山羊提个醒，可距离太远，它们根本听不见。这时黑熊已经离北山羊很近，终于按捺不住，飞身而起。好家伙，它的弹跳力可真是了得。动物园笼子里的黑熊往往给人又笨又傻的印象，但野生的黑熊可一点儿也不笨。

几乎与此同时，北山羊觉察到敌害的临近，但今天它们的确有些大意，只顾吃草，想跑已来不及。黑熊四足腾跃，旋风般向它们冲去，它的目标是那几只小羊。小羊毫无反抗能力，叼起来就能吃，而且肉质很嫩。刹那间，只见公羊低下头，如离弦的箭一般迎着黑熊冲去。本来北山羊是非常怕熊的，但此刻为了救孩子，它毫不畏惧。

眼看一羊一熊就要相撞了，公羊仍没有退缩的意思，黑熊却陡然跃起两米多高，从公羊头顶跳了过去。公羊收不住脚，仍向前跑去。这时，黑熊又恶狠狠地直取几只小羊。

母羊见状尖叫一声，扑上去，要跟黑熊拼命。黑熊大吼一声，挥起熊掌把母羊打倒在地。母羊就势滚出几米远，刚要站起来，黑熊的大嘴已朝它咽喉咬来。饥饿的猛兽在捕食时往往处于发狂的状态，威力惊人，眨眼间，母羊的脖子被死死咬住了。

我心疼得一闭眼，再睁眼时，却见公羊从斜刺里冲上来，狠狠地在黑熊后腿上顶了一下。黑熊被顶了一个趔趄，几乎跌倒，但它仍然没松嘴。母羊的脖子血流如注，痛苦地抽搐着。公羊的嘴半张着，它一定发出了愤怒的嘶叫。如果它有锋利的牙齿，肯定把黑熊撕成碎片了，可惜它没有。它突然转身向后跑，然后又朝着黑熊狂奔过来。

黑熊的腰上着实挨了一下。这一次，公羊的力量极为

猛烈，黑熊一下跳起老高，疼痛难耐，只得松开了嘴。公羊的角很长，但因为角尖是朝后的，无论怎样低头，都不可能用角尖去顶，只能用角棱去撞。它的角本来是与雄性同伴争夺配偶时用的，那种比拼主要比力量，比谁最强壮，并不伤及对方。如果它能用角尖顶，黑熊就可能被扎透了。黑熊又捂着屁股打了半晌滚儿，它知道不把公羊干掉，就绝对吃不上小羊。

此刻，公羊正在母羊身边，连声呼叫，并用嘴去拱，母羊瞪眼看着公羊，哪里还站得起来。几只小羊也围住妈妈哀鸣，其状真是催人泪下。黑熊怪号一声，又恶狠狠地径直向公羊扑来。

公羊“噌”地往旁边一跳，躲开了，见黑熊立足未稳，不失时机地撞了它一下。黑熊接连发动攻势，公羊脚下灵活异常，在这崎岖狭窄的空间中左蹿右跳。只要有机会，它就反击。黑熊俗称黑瞎子，视力很弱，又过于急切，有时顾前顾不了后。就这样，一羊一熊展开了激烈的较量。

“看什么呢?”一个同伴问我。

我一下子被惊醒，看得太入迷了，竟忘了身在何处。我说：“快拿望远镜看吧，百年难遇。”他急忙拿望远镜顺着我指的方向看，立刻惊叫道：“羊跟熊打起来了！大家快来看！”所有的人都纷纷找出望远镜看起来。

“真是稀罕，如果不是亲眼所见，真不敢相信。”有人惊叹。

我为大伙儿讲了刚才发生的一切，众人都对那只勇敢、慈爱的公羊大加赞扬。

公羊虽然勇敢，但毕竟是食草动物，它的唯一武器就是那对长角，又只能用来撞击，威力很有限。而那黑熊可是凶恶的食肉兽，牙齿和爪子都锐利无比，并且有一套代代相传的捕杀绝技，效率极高，瞬间就可能给对手毁灭性的打击。看得出来，公羊主要是在防御，它不可能制服黑熊。公羊要逃走很容易，只要奋力跃上山坡，黑熊很难追得上。但是那样的话，母羊和小羊都会被黑熊吃掉。看来，它是为了母羊和小羊才冒着生命危险同黑熊周旋的。

黑熊一时奈何不了公羊，气急败坏地几次扑向母羊和小羊，都被公羊拼命阻止了。这时的公羊已经发疯，像一辆小坦克，勇往直前，使黑熊几次都险些遭到致命的攻击。黑

熊迫不得已，只得使出了看家本领，加紧了攻势。在令人眼花缭乱的扑杀中，公羊的一条后腿不幸被咬住。黑熊大喜，使劲往后拖，想把公羊擒住。公羊拼力往前挣，霎时间，半截后腿被硬生生扯断了，鲜血当即喷溅在石头上。公羊疼痛难忍，跌倒在地。

黑熊几下就把那半截羊腿咽了下去。这更激起了它的食欲和杀机，于是它又丧心病狂地扑上去。此时的公羊气喘吁吁，疼痛不已，似乎已无力站起。黑熊见状跳起来，想骑到公羊背上。

眼看黑熊就要得手,我们都扼腕叹息。

不料,公羊突然猛地一摆头,长长的羊角舞动,坚硬的羊角尖不偏不倚正挑到黑熊的嘴。黑熊想躲,无奈身子已在空中。公羊使出全身的力气,羊角深深扎进了黑熊的上颚里,把它的半个嘴巴都给挑豁了。这下可真够黑熊受的。公羊反败为胜,我们都松了一口气。

黑熊疼得连连嚎叫,几乎昏厥,但它到底皮糙肉厚,抽搐了一阵后,又缓过来,向公羊反扑。它大概还没吃过这么大的亏,一定要报复,誓把公羊生吞活剥。

公羊强忍着疼痛往山坡上爬,它爬山的本领没的说,但少了一条腿,行动大受影响。这面山坡极其险峻,越往上越陡。公羊越爬越吃力,到最后已是寸步难行。它回头看,母羊已是命悬一线,无力回天,自己的孩子也是很难逃出熊口了。此时,黑熊正一步步逼上来,它连树都会爬,爬山没问题。

这时,震撼人心的一幕上演了,只见公羊望了望远处的母羊和小羊,突然迎着黑熊的大嘴猛扑下去。黑熊见公羊自己送到嘴边,岂有不吃之理,张嘴就咬。它咬住了公羊,却不料公羊力量极猛,它根本无法站立,仰天翻倒在地,并顺势朝山坡滚去。原来公羊是想凭借着自己扑向黑熊的冲击力使黑熊滚下山坡,以搭救自己的妻子和孩子。当黑熊明白了公羊的意图时，已经晚了。一羊一熊绞在一起，向山坡下轰然滚去。山坡很陡，两者体重又极沉，它们越滚越快。

我们的心情久久难以平静，议论纷纷。有几个同伴来晚了，听了我们的叙述，都为错过了那震撼人心的一幕而感到遗憾。黑熊和公羊已经找不到，大约掉进深沟里同归于尽了。母羊仍躺在原地，几只小羊围在它的身边。北山羊天敌极多，它们随时可能成为秃鹫、狐狸、豺的美食。我们不约而同地决定救下它们。

我们一阵疾行来到现场，小羊见了人，惊恐得想跑。我们分散开，把它们捉住。再过去看母羊，它已经咽气。我们环顾四周，地上有斑驳的血迹，四周的草丛也是一片杂乱。

我们把几只小羊带回驻地，几经辗转，送到了野生动物救护中心。据救护中心的工作人员说，等这几只小羊长大后，就把它们放归自然。

这件事已过去多年，不知怎的，我仍然会时不时想起那只勇敢的公羊，想起那惊心动魄的一幕。它所表现出的那种勇气和爱，那种野性的美，一直深深震撼着我。

动物观察笔记

山地格斗家——野山羊

别名 | 波斯野山羊

种属 | 哺乳纲偶蹄目牛科

体长 | 115—117 厘米

体重 | 约 32—125 千克

分布区域 | 亚美尼亚、阿塞拜疆、格鲁吉亚、伊朗、巴基斯坦、俄罗斯、土耳其和土库曼斯坦等

◎出没地带

半开阔的峡谷和山麓间

◎最喜欢的食物

青草、青苔、灌木和其他植物等

◎保护级别

易危物种

❶ 平衡力超强的野山羊

野山羊具有非常好的平衡能力，能够迅速而稳健地从一块岩石跳到另一块岩石。为了躲避敌人的追杀，它们总是往敌人难以追赶的地方跑。如果实在走投无路，野山羊就会转身用它们的弯角同敌人进行战斗。

❷ 大角很威猛的野山羊

到了发情期，雄羊们常常为了争夺与雌羊的交配权而互相争斗。打架时，两头雄羊面对面地站着，然后把头猛地撞在一起。它们角的基底部很粗，因而不会受伤。胜利的通常是至少已满6岁的年长雄羊，因为它们的角最结实。

动物观察日记

观察时间

观察地点

名字

喜欢的食物

它是

□ 哺乳类 □ 鸟类 □ 鱼类 □ 贝类 □ 昆虫

□ 其他

画一画

小知识点

◎它有什么装备

◎它有什么小秘密

动物观察日记

观察时间______

观察地点______

名字______

喜欢的食物______

它是

☐ 哺乳类 ☐ 鸟类 ☐ 鱼类 ☐ 贝类 ☐ 昆虫

☐ 其他______

画一画

小知识点

◎它有什么装备

◎它有什么小秘密

动物观察日记

观察时间

观察地点

名字

喜欢的食物

它是

□ 哺乳类 □ 鸟类 □ 鱼类 □ 贝类 □ 昆虫

□ 其他

画一画

小知识点

◎它有什么装备

◎它有什么小秘密

动物观察日记

观察时间

观察地点

名字

喜欢的食物

它是

☐ 哺乳类 ☐ 鸟类 ☐ 鱼类 ☐ 贝类 ☐ 昆虫

☐ 其他

画一画

小知识点

◎它有什么装备

◎它有什么小秘密

图书在版编目（CIP）数据

奇兽扭角羚 / 马文秋著 . -- 杭州 : 浙江教育出版社 , 2020.6

（马文秋奇趣自然大冒险系列）

ISBN 978-7-5722-0144-8

Ⅰ . ①奇… Ⅱ . ①马… Ⅲ . ①故事—作品集—中国—当代 Ⅳ . ① I247.81

中国版本图书馆 CIP 数据核字 (2020) 第 055502 号

马文秋奇趣自然大冒险系列

奇兽扭角羚

QISHOU NIUJiAOLING

马文秋　著

责任编辑　徐海娟
美术编辑　曾国兴
责任校对　池　清
责任印务　陈　沁
内文插画　赵　燕
封面设计　乐读文化
出版发行　浙江教育出版社
（杭州市天目山路 40 号　邮编：310013）
激光照排　杭州兴邦电子印务有限公司
印　　刷　浙江新华印刷技术有限公司
开　　本　890mm × 1240mm　1/32
印　　张　5.375
字　　数　108 000
版　　次　2020 年 6 月第 1 版
印　　次　2020 年 6 月第 1 次印刷
标准书号　ISBN 978-7-5722-0144-8
定　　价　29.80 元
网　　址　www.zjeph.com